KB044351

문학과지성 시인선 277

# 유리 이야기

## 성기완 시집

문학과지성 시인선 277
유리 이야기

펴낸날 / 2003년 9월 4일

지은이 / 성기완
펴낸이 / 채호기
펴낸곳 / (주)문학과지성사
등록번호 / 제10-918호(1993. 12. 16)

서울 마포구 서교동 363-12호 무원빌딩(121-838)
편집/ 338)7224~5    FAX  323)4180
영업/ 338)7222~3    FAX  338)7221
홈페이지/ www.moonji.com

문학과지성 시인선 277

# 유리 이야기

성기완

2003

시인의 말


　유리와 나, 초록의 고무 괴물, 이렇게 셋
이서 서로를 쓴다. 그 셋은 모두 내 마음이
고 내 바깥이다. 마음과 바깥이 서로를 쓴
다면 그건 결국 마음의 이야기이다.


2003년 9월
성기완

유리 이야기

차례

▨ 시인의 말

유리 이야기

# 1

　(자막 지나가는 동안) 초록의 고무 괴물이 시나리오를 가져왔어 나는 창문으로 들어온 햇빛을 받아 청록으로 빛나는 그의 머리칼을 보고 있어

　봐

　그는 어느 틈에 그 자리에 놓여 있어 나와 자기 그리고 유리가 등장한다고 했어 액션물은 아니지만 치정살 인극이래 서로가 서로에게 총부리를 겨누는 오우삼의 액션물과 비슷하게 서로가 서로에게 이야기를 겨누고 있는 내용이라고 했어 자기는 아버지이자 연인이라고 했어 하긴 유리의 첫 남자는 틀림없이 그였어 비 오는 거리 위로 자막이 지나가 초록의 고무 괴물은 시인이야 나는 질투를 느껴

# 2

　그날 나는 두 평도 안 되는 작업실에서 초록의 고무
괴물을 가졌어 약이 깨려는 시간이어서 몸이 너무 추웠
어 어두웠어 어두운 방 안에선 계절이 지워져 여름이거
나 겨울이라도 상관없이 을씨년스러운 기분이 들어 고
개를 열 시 방향 책꽂이 위로 돌렸을 때 그는 이미 그 자
리에 놓여 있었어 나는 말했어 '당신이 시나리오를 가져
오는 걸로 시작하는 시를 쓰겠어,' 초록의 고무 괴물은
'티를 마실 시간이야, 치즈를 얹은 크래커도,' 내가 널
쓰겠어, 라고 했지만 그는 이미 아버지이자 연인이었어
　'그건 누가 쓰는 거지?'
　초록의 고무 괴물이 대답했어 '나는 이미 네 의도를
살아버렸어,' 티를 홀짝이는 그의 팔에 형광색 주름이
잡혀 있어

## 3

  유리는 오늘도 여느 때처럼 일기를 지워 유리의 일기
는 가짜야 왜냐면 사실 그건 내가 쓴 거니까 그래서 유
리는 일기를 지우는 거야 하루에 하나씩 유리는 그렇게
살아 유리의 아이도 가짜일까 유리는 오늘 너무 열 받
아서 남아 있는 보라색 약을 입에 다 털어 넣고 천장의
형광등이 점점 길어지다가 항문으로 들어오는 걸 겨우
참으며 잠이 들어 나는 지우다만 유리의 일기장을 훔쳐
보고 있어 유리는 확실히 마음의 성의 주인이야 유리는
태양의 딸 초록의 고무 괴물에 관한 환상은 유리의 일
기장에 처음 써 있었어 유리 너는 언젠가 모든 것이 오
해였다고 말했지 그때부터 나는 사랑스런 너의 지우
개가 되기로 했어 유리가 자기를 그렇게 지우는 것보
다는 내가 유리를 죽여주는 게 나을까 우선은 일기장을
훔쳐보고 지우기 전의 일기를 옮겨 적어야지 그녀는 뭘
지우는 걸까

# 4

초록의 고무 괴물이 쏟아지는 빛더미 속에서 소릴 질렀어 만세 만세 만세 울컥거리는 의자들이 하는 고민이 나의 고민과 같아 초록의 고무 괴물이 명령했어 모두 제자리에 있으라고 먼지의 고향에선 가끔 알려지지 않은 조그만 소음이 정적을 깨 핀셋으로 집어 올려 플라스크에 담을 경우 그 정적은 다시 먼지의 고향으로 돌아가지 나사로 조여진 허리춤의 아주 조그만 소리로 이따금 불편함을 표시하는 경우를 빼면 대체로 울음을 견디는 기계들보다 더 통달하긴 힘들어 초록의 고무 괴물은 그저께 내가 빗어준 헤어스타일을 바꾸지 않고 기계들더러 '나무를 배워야 한다'고 그리 길지 않게 연설했어 연설이 끝나서 빛무더기와 그림자만 있어 나는 돌아보았어 들어오고 나간 그 입자들의 각도를 바꿀 수 있을까? 아마 영원히 바뀌지 않을 거야 초록의 고무 괴물이 지키고 있는 한 그런 의미에서 또 한 번 외로움을 불살라 만세 만세 만만세

# 5

하얀 고무신에 까만 양말과 붉은 나이키 문신 이 세 가지 요소가 어떻게 한 의식 속에 공존할 수 있을까에 관한 문제를 초록의 고무 괴물이 제기했어 우리는 심사숙고에 들어갔지 정답이 DMZ가 아닐까 하는 견해가 조심스럽게 여론을 형성해가자 초록의 고무 괴물은 '이것을 계기로 교류를 넓혀가려던 계획에 차질이 생길까 우려된다'며 '네 번이나 미 국방부에 해명과 보상을 요구했으나 반응이 없다가 이번에 면담이 이뤄지고 진상규명을 약속하게 돼 다행'이라고 했어 문제는 소리가 아닐까 태초의 떨림을 여전히 머금고 계속해서 진동하는 소리의 뿌리를 찾아가보는 게 필요해 우선은 초록의 고무 괴물에겐 마스카라를 유리에겐 새로운 자세를 권할 거야 난 유리의 배꼽이 보이는 게 좋아

# 6

    초록의 고무 괴물이 토요일 오후를 즐기는 방법은 단 두 가지야 하나는 설렁탕을 먹는 것 또 하나는 단골 사창가에 가는 것 어떤 경우는 후자를 한 이후에 전자를 하기도 하는데 그때 초록의 고무 괴물은 지쳐서 잠이 들지 땡! 전자 레인지가 끝을 알려주는 소리에 잠을 깼어 아버지가 저녁 먹을 시간이다 아버지가 저녁 먹는 시간이 몇 분인지 측정하기는 그리 쉽지가 않아 반주를 곁들이는 게 그 쉽지 않음의 이유라는 걸 생각하며 모퉁이에 서 있어 아, 갑갑해, 머플러를 풀어야 할까 보다, 단골집에서 유리라는 아이가 전화번호를 써주었어 그런 일은 흔치 않지만 그 전화번호가 한 달 후 주머니 속 구겨진 명함 뭉치 속에서 발견되는 일도 흔치는 않지

# 7

초록의 고무 괴물이 하염없이 걷다가 비를 만나자 이젠 쉬자고 했어 마음의 성에 꾸며진 유리의 방, 벽에는 지은이의 서명 없이 다만 4/20이라고만 씌어 있는 실크스크린이 걸려 있었어 초록의 고무 괴물이 지쳐 비에 젖은 머리를 말릴 틈도 없이 잠에 빠지자 유리는 따뜻한 전기 담요를 그에게 덮어주었고 나는 유리와 같이 욕조에 들어갔지 초록의 고무 괴물이 명령했어 출렁이는 물속을 들여다보지 말라고 나는 유리와 보라색 약을 나눠 먹고 물밑에서 하늘거리는 유리의 발가락에 내 발가락을 갖다대었어 유리가 까르륵 웃자 초록의 고무 괴물이 잠을 깼어 따뜻한 게 좋다는 듯한 그 무표정이 맘에 들어

# 8

유리가 장마철을 견디는 건강식으로 쿠키 트리를 해 주겠다고 했어 초록의 고무 괴물은 스키 시즌을 기다리다 지쳐 있었고 나는 홍수에 관한 중계를 보고 있었기 때문에 별로 내키지 않았어 유리는 '박력분 300g, 버터와 설탕 각 100g, 달걀 1.5개, 바닐라 오일과 베이킹 파우더 각 1/2 작은 술, 소금 1/4 작은 술, 빨강, 초록 식용색소 약간씩, 색설탕 약간, 리본 약간'이라 제안했고 나는 '보라색 약을 약간 넣자'고 했어 그것 때문에 중계방송 보는 일을 단념했어 초록의 고무 괴물은 마음에 있는 이야기를 하지 않는 것이 더 편할지도 모르겠다고 했는데 그게 뭘까, 나는 고민을 하다가 그만 잠들어버렸지 꿈속에서 170~180도 정도의 오븐에 150분간 구운 쿠키 트리를 가지고 유리가 이상한 장난을 하는 걸 보았어

# 9

초록의 고무 괴물은 오늘은 아들을 생각한다 며칠 전 아들 앞에서 울었다 아들 앞에서 탈권위적인 행동인 울음울기를 한 것은 자랑스러운 일이라는 평판이 있었다 초록의 고무 괴물은 아들 앞에서 운 그날 술에 취해 있었다 아들은 따스히 어깨를 만져주었으나 아들 눈에 눈물이 고이지는 않았다 초록의 고무 괴물은 하도 오랜만에 우는 거라 눈이 따가웠다 눈물 흘리는 법을 잊은 것인지도 모른다 초록의 고무 괴물은 보여주었다 얼마나 여러 가지로 괴롭고 얼마나 여러 가지로 외롭고 얼마나 여러 가지로 옳은지 초록의 고무 괴물의 아들이 아버지의 말을 주의 깊게 듣고 아버지를 재우러 방에 들어오자 초록의 고무 괴물은 다시 한 번 어둠 속에서 울음을 울어 그 모든 걸 보여주었다

초록의 고무 괴물의 헤어스타일은 회오리 스타일 질풍노도의 프록코트를 입은 계몽주의 시대풍 초록의 고무 괴물은 잊지 않고 광채가 나는 눈을 뜨고 있었다 초록의 고무 괴물은 청년이었다 에칭은 효과가 매우 크다

## 9-1

섭씨 170~180도의 온도로 오븐에서 그를 구웠을 때 그는 나의 아들이었어 그러나 이야기는 다시 그를 내 아버지로 만들었어 유리가 오븐에서 그를 꺼냈어 유리는 맛을 보라고 했어 자기 작품이라면서 나는 유리의 지우개야

# 10

초록의 고무 괴물이 바탕색의 중요성을 역설하는 동
안 나는 졸고 있었어 어제 유리가 가르쳐준 것 때문이야
나와 유린 이빨의 사용법을 시험했지 성형 수술의 폐해
가 날로 심각해진다고 하면서 담배에 불을 붙이는 초록
의 고무 괴물 넌 나빠 하구 유리가 말했어 유린 아홉 개
의 구멍을 통해 금색의 뱀들을 돌돌 말아넣었어 난 이빨
로 유리의 귓불을 살짝 씹으면서 뱀들의 차가운 피부에
나의 배꼽을 가져다대었어 유리가 다시 뱀들의 귀여운
이빨에 젖꼭지를 주었고 나는 파랗게 흐르는 독을 보았
어 초록의 고무 괴물은 계속 심각한 표정이야 유리가 초
록의 고무 괴물을 위해 물방울 무늬가 자잘하게 들어간
머리띠를 사주어야겠다고 했어

# 11

문자 메시지가 왔어 더 이상의 방송 출연은 이제 불법이야 최소한 공중파는 절대로 안 돼 초록의 고무 괴물은 다시 메시지를 보냈어 '알겠음' 詩人의 마음은 계속 유지해도 돼 초록의 고무 괴물은 핸드폰 요금이 지나치게 비싸다는 게 문제라는 견해가 담긴 문건을 당국에 제출해야겠다고 했지만 나는 만류했어 오늘 초록의 고무 괴물은 왜 문자 메시지가 오는지에 관해 생각해 며칠 전 형광 고무로 된 팔찌를 테크노 바에 놓고 온 게 아직도 마음에 걸려 아마 화장실이었을 거 같은데 정확한 위치를 모르겠어

# 12

    눈부시게 노란빛을 발하는 은행나무의 이파리가 유리를 시켜 이젠 쉬어야지 하고 성명을 발표하자 나는 지우개를 들고 산으로 발걸음을 옮겨 대처승의 부인들이 아이들을 데리고 노란 미술학원 버스에 오르는 걸 본 후 산사에 피는 나뭇잎 타는 냄새와 아스라한 연기가 과연 어떤 뜻인지 묻는 초록의 고무 괴물 나는 푸른 하늘을 보며 하산하기로 맘을 먹었어 오늘의 특징적인 어피어런스는 목에 감은 나무 등걸 프린트의 짧은 머플러 초록의 고무 괴물에게 토욜 늦은 오후부터의 낮잠이 즐거운 건 아냐

# 13

초록의 고무 괴물이 유리를 만난 건 비가 억수같이 오던 날 아침이었어 사람들이 출근하는 걸 보면서 마음의 성으로 거슬러 올라가 유리를 만났어 그날 새벽은 이상했어 하늘이 약간 노란색이었고 비는 바늘처럼 반짝였지 비가 오자 판잣집들은 세트 같이 바스락거렸고 사람들이 다 엑스트라로 보였지 박스들이 쓰레기통 옆에서 천천히 기울어가고 있었고 생각보다 빗소리가 너무 헤비하게 들렸어 보라색 약 때문일지도 몰라

# 14

초록의 고무 괴물이 말장난에 관한 일화를 유리에게 설명해주고 있을 때 나는 유리의 엉덩이를 보면서 혀를 날름거리는 뱀의 형상을 하고 껌을 짝짝 씹고 있었어 초록의 고무 괴물에 따르면 "한 사람이 있었다 그를 '보라'고 써야 하는데 '쏘라'고 잘못 썼다 그래서 그를 쏘고 말았고 그는 죽었다"는 것이고 그 일화에 대해 유리는 '당신은 작가인가'하고 물었어 초록의 고무 괴물은 '그렇다'며 '적어도 최근까지는'이라는 단서를 달았어 그러면서 '어떻게 선물 보따리에 전세계 어린이들에게 나눠줄 선물이 다 들어가냐'고 물으면 '산타 할아버지의 요술 보따리에는 선물이 다 들어간단다'는 식으로 대답하는 일이라고 했어 실제로 그 소설은 그렇게 전개되어 그 사람을 죽이고 말았다는 거냐? 그렇다, '참 안된 일이군' 나는 혀를 유리의 항문에 밀어넣고 있었지 유리는 엉덩이를 들어 나를 도와주었어 초록의 고무 괴물이 껌을 뱉으라고 명령해서 나는 아무 데나 껌을 쏴버렸어

# 15

초록의 고무 괴물을 식용으로 쓸 수 없을까 그러나 초록의 고무 괴물은 괴로워하지도 않아 방침은 이미 정해졌나 봐 물개는 로즈 우드 파이프를 빨며 대하 드라마를 보고 있을 거야 초록의 고무 괴물이 머리도 빗지 않고 있어서 예쁘게 빗겨주었어 70년대 풍의 인조가죽 재킷을 입혀야 할까 그런데 그 이튿날 정확히는 27시간 만에 방침이 번복되어 전국적인 확대 실시 쪽으로 가닥이 잡혔어 그후 낙담한 초록의 고무 괴물은 마음의 성에 칩거하기로 맘을 먹었어 나는 근거가 있는 거냐고 물었지만 호텔 리버사이드 나이트의 물개만이 알고 있다고 했어 물개에게 전화하긴 싫었어 물개는 끊어진 철도 땜에 바쁘다고 했어 오늘은 마음의 성에 다녀올게 초록의 고무 괴물이 먹는 보라색 약을 몇 알 얻어와야지

## 16

　유리가 밥을 먹다가 토하고 말았어 이유를 물어보니 '씹기가 싫어서'라고 파리한 얼굴로 말했어 염세적인 유리를 찢어버리고 싶다는 생각이 들 때 유리는 보라색 약을 먹고 잠이나 자야겠다고 했어 계속 유리를 바라보다가 나도 구토가 치밀어 올랐어 그때 초록의 고무 괴물이 아주 특이한 자세로 앉아서 나를 노려보았어 '너도 희망이 없는 건 마찬가지 아니냐'고 했지 아냐 아냐 나는 知的이라는 점에서 유리보다 더 나빠 그게 유리가 싫은 이유야 'I wanna get hot with you'라고 초록의 고무 괴물에게 말했어 거짓말이었어 초록의 고무 괴물은 나에게도 보라색 약을 주고 몇 시간 자면 좀 나아질 거라고 해서 난 그렇게 했지 불을 끄고 어두운 촛불을 켰어 다시 둥그런 우산 같은 분위기야 우산 속에서 초록의 고무 괴물이 흐느끼며 중얼거리는 소리를 들었어 유리를 산부인과에 데려가야겠다는 거야

# 17

    초록의 고무 괴물이 인간을 멀리서 볼 것을 제안하면
서 '그렇게 하면 벌레처럼 보일 것'이라고 했어 가까이
서 너무 숭고하게 보지 않는 것이 핵심이라는 말 속에
담긴 뜻은, 그러니까, 벌레를 만일 너무 가까이서 본다
면 괴물일 텐데 멀리서 보니까 무리지어 다니는 먼지들
로 보인다는 거겠지 징그러워 유리는 나와 섹스 하는 동
안 니가 너무 멀어 보인다고 했어 그 말은 슬픈 말이었
어 나는 우리가 돌고 돌아 다시 만날 먼 날을 기약할 수
없다는 걸 알어 나는 이미 떠난 몸이야 유리는 그러나
가깝다는 것이 얼마나 위험한 것인가에 대해 잘 이해하
고 있었기 때문에 난, 넌 창녀다, 라고까지 말하지 않고
널 약간은 멀리 대하면서 따뜻하게 갈 수 있는 거야 아
니다! 따뜻함이라는 걸 그 사이에 끼워 넣지 말라! 맞
아, 초록의 고무 괴물은 현명해

# 18

그래서 난 유리에게 '어떻게 되어가는 걸까'를 물어보기 위해 코코아 잔을 들고 그리로 가다가 유리가 쓰는 일기장의 한 페이지를 넘겨보았어 유리는 보지 말라면서 펜으로 내 눈을 찔렀어, 라고 쓰려 하고 있었지만, 나는, 그렇게 되는 걸 참을 수가 없어서, 유리에게 뜨거운 코코아를 들이부으면서, 너 이 창녀, 라고 쓰려다가, 그냥…… 말았어. 아마 이미 썼을 거야 그렇게 유리는 울었고 나는 유리의 눈물을 핥아먹었고 유리가 뜨거워졌지 아직 깨면 안 돼 유리는 계속해서 가자고 했어 초록의 고무 괴물은 지금쯤 어떻게 되었을까

# 19

    초록의 고무 괴물이 이어폰의 기능에 대해 설명하면서 '너는 달리고 나는 빠져든다'고 했어 달리는 사람들과 빠져드는 사람들 사이의 괴리감 때문에 죽겠어 은행의 출입문은 달리고 어둠의 출입문은 빠져들어 나는 이어폰을 끼고 음악을 듣고 있었기 때문에 유리가 초록의 고무 괴물의 진부하고 진지한 접근법을 가위로 싹둑 자르고 싶어, 라고 쓰면서 아주 짧지만 귀에 꽂히는 비명을 지르는 걸 듣지 못했어 초록의 고무 괴물이 '드러난 범죄 사실이 여럿임에도 극히 일부 사실만을 떼어내' 사태를 왜곡시킨다는 거야 유리의 심리 상태가 날로 심각해져 가고 있어 유리는 기계야, 섹스 기계, 미치겠어

# 20

유리가 말했어, '그건 우리가 나약하기 때문이지' 초록의 고무 괴물은 사철 푸른 이파리들 뒤에 숨을 수 있어 그러나 그 딱딱한 냄새를 그리 좋아하는 편은 아니야 테크노 클럽에서 만난 산만하고 잘 웃고 몸매가 좋은 그 여자는 의외로 힙합풍의 바지를 입고 있었어 끈 나시의 탑이 맘에 들었고 잘 썬탠한 어깨의 선도 그랬어 그 여자 때문이야 여관에서 그 여자와 오랄을 한 후 나왔을 때는 이미 새벽이었대 초록의 고무 괴물은 다시 문자 메시지를 기다리나 봐 클럽의 네온이 꺼졌어 그런데도 초록의 고무 괴물은 '클럽편'이라고 썼어 나는 졸려서 싫다고 했지만 하는 수 없었어

# 21 클럽편

## 21-1 마을 어귀

니가 졸고 있구나
지키고 있는 거니
도망가고 있는 거니
주황 물을 들인 머리카락이
서른세 가닥
졸고 있는 사이 벌써 가을이군
아직 얼굴이 뽀얀 넌
몇 살이니
너와 춤을 추면 난
날아가도 되니
빗물이 고여 있는 진창에
얼굴을 비쳐보는 일이 싫어
리듬이 갑자기 빠지고 물결치는
소리와 토네이도 이는
소리와 또 하난 뭐드라
아, 아마 시계태엽이 신맛으로
째깍거리는 소리였을 거야
그 소리들이 날아다니는

석양의 하늘 아래 우린 있구나
난 니 얼굴의 분홍빛 속살을 보았어
그 안으로 들어갔다 나오면
마을로 들어가도 되는 거지?
그치?
같이 갈래?
리듬이 터지고 있어!
깊이 들어가보자 우리

## 21-2 우유의 네온사인과 DJ

니가 사용하는 봉은 뭐지?
무엇으로 터널의 느낌을 만드는 거니?
쭉 빨려 들어가는 거 말이야
그래, 계속 빨아도 돼, 함께
빨려 날아가자 우리 빨래들처럼
바람에 휘날리며 즐거워하자
어두워졌어 밤이 깊어갈수록
희망이 커져 너의 살을 이 세상에서
가장 날카로운 칼로 찢은 다음
그리로 들어갈 거야
안 아플 테니 걱정 마
다가오는 그 흰빛은
처음엔 한 점이었어
무서운 속도야
수의를 입은 백조가 내 눈을
쪼아 먹으려고 달려들어 아, 난
흰 빛 속에 확 들어가버려서
보이질 않아

손을 꼭 잡자 우리

## 21-3 삭발, 코, 혀, 배꼽걸이

들판에 별들이 서 있는 건
너무 자연스런 풍경이야
낮에 비가 와서 별은
더욱 차갑게 빛나고 있어
그런데 들판에 나는
왜 서 있는 거지 날 이리로
오게 한 건 택시였어
생활의 힘이 날 더욱
빛나게 해
더 내려가야 해
가장 치명적인 문제는
외롭다는 걸 거야
도장을 찍으면 빨간색이 찍히고
사진을 찍으면 얼굴이 나와
새벽에 별들을 바라보면서
그 눈빛과 입을 맞추었어
그때가 젤 행복해
고개를 마냥 들고 있을 수만은

없는 게, 내가 흘러가고
있다는 증거지

## 21-4 여긴 심야의 클럽입니다

아참, 그렇지 들판은 바깥이야
푸른 형광색 네온사인이 안쪽이고
더 다리를 벌려봐
있는 힘껏
널 찢어버려
너무 흥건해
걔네들을 어떻게 당하겠니
자석들 말이야
망치로 뽀개버려
먹이를 채가는 승냥이들의 속성은
늘 배가 고프다고 다짐하는 거지
부자들 말이야 개새끼들
너는 어때?
그리고 모니터 너는 또 어때?
니 속에 들어 있는 퍼플의 액체를
마실 거야 은박지에 싸여 있는
아가를 봐 스크레치가
필수적인 건 아니야

들어가면 좋긴 좋지 마디가 생기고
계단이 위로 차곡차곡 쌓여

부풀어 오르니까
터지는 일이 계속 추상화되네

# 22

　클럽편을 다 찍고 나니 조금 지쳤어 토스트기에 식빵을 넣고 손잡이를 아래로 당기면서 눈으로는 재스민 티백이 어디에 있는지 찾고 있는 시간, 정오가 다가오고 있었어 초록의 고무 괴물은 '모니터링을 좀 해봐야 할 때'라고 했어 나는 '오해와 부작용의 소지가 많은 전망을 왜 이 시기에 언론에 공표했느냐'는 의혹을 살지도 모른다고 했어 그때 유리가 침대에서 뒤척이며 한 쪽 다리를 담요 바깥으로 내놓았어 꽃무늬 팬티가 보였어 초록의 고무 괴물은 유리를 보면서 '유리가 죽었다'고 써야 할 것 같다고 했어 그러나 나는 '결론짓기에는 너무 이르다'고 말했어 초록의 고무 괴물이 망설였어 그 사이에 유리는 잠을 깨어 산발한 머리로 화장실에 가서 문을 쾅 닫았어 나쁜 꿈을 꾸었나 봐 우리는 잠시 유리의 다리가 그려낸 가느다란 선을 보며 '액운이 긴 투명한 날개'에 대해 생각했어 유리는 여기서 죽지 않아, 이 결정적인 단계에선 아직 유리가 더 필요해, 유리가 또 토하고 있어

## 23

　초록의 고무 괴물이 그때를 회상하며 이렇게 말했어 "몇 명 필요하다고 그랬지?" "세 명" "어디서 뺀다……" "상황표를 가져와" "음……" "이쪽은 저쪽으로, 그리고 이 아래는 놔두고, 저 밑은 바로 위로……" "예상 손실은" "셋" "그래서 그들이 필요한가" "정확하지 않음" 아마도 구조주의 연극에 영향을 미친 건 그때에 대한 회상일 거라고 했어 유리가 다시 욕지기를 하면서 제발 좀 그만 하라고 외쳤어 초록의 고무 괴물은 회상이 나쁜 건 아니라고 했어 나는 다시 그들 사이에 존재하는 긴장을 느끼며 초록의 고무 괴물이 어떻게 펜을 놀릴지 궁금해하고 있어

## 24

　오후라는 시간에 벌어질 수 있는 싸움에 대해 설명하
는 초록의 고무 괴물을 보고 유리는 '나는 뻥 뚫렸어,'
그렇게 말하는 표정이 뻥 뚫려 있었어 그 안으로 어두움
과 그리움과 한 줌의 잿더미가 스며들어 나는 다시 추상
화같이 복잡해져 2+2=4 '계단은 계단' 그쪽으로 계속
해서 가지 않을 수도 있었어 멈추는 법을 알지 못한 것
이 실수일까 '오후라는 시간은 그런 법' 나는 남겨졌어
마이크를 들고 온 그들이 가고 음악은 남아 있어 넓은
창으로 들어오는 빛을 타고 인디언 소녀가 머리칼을 휘
날리며 지나가 '실수, 실수였어' 그러지 말걸 벗은 유리
가 뻥 뚫린 웃음을 지으며 계단을 올라가고 있어 그 아
인 내 아이일까

# 25

    초록의 고무 괴물이 텅 빈 오전 시간에 할 수 있는 일들의 목록을 뽑고 있어 '색연필을 가져와 그림을 그리게' 어여쁜 스커트를 입은 소녀의 맑은 눈망울을 만화처럼 그려보고 싶었어 그때 신문값을 수금하는 아저씨가 벨을 눌렀어 유리는 신문을 끊겠다고 말하려다가 이사간다고 했어 '팔랑거리는 거짓과 음모' 즐거운 봄날 아직 돌들은 차갑고 나무들은 떨고 있지 유리는 나더러 계곡에서의 섹스에 대해 생각하며 약을 먹어보자고 했어 나는 그렇다면 나가자고 했고 초록의 고무 괴물은 잠깐 기다리라고 했어

# 26

나는 초록의 고무 괴물을 데리고 눈동자가 또렷한 산에 가자고 했어 '매화향을 경험하려고 그러냐'고 물으며 유리는 선글라스를 가져가라고 했고 초록의 고무 괴물은 은박지와 뜨거운 온도와 짙은 안개가 필요하다고 했어 그러나 나는 모든 제안을 뿌리치며 갔다 와서 아름다운 병풍 열 폭을 그려주마 했어 그러자 유리가 같이 가자고 하며 함께 나서려고 스팽글과 꽃무늬가 뒤섞여 있는 살구색 판타롱을 찾고 있어 초록의 고무 괴물은 빙긋이 웃으며 '그렇다면 그냥 병풍 안으로 들어가자'고 했어 나는 뛸 듯이 기뻐하며 그렇게 적으라고 했어 초록의 고무 괴물이 고개를 끄덕이며 펜을 드는 동안 나는 적십자 요원 풍의 배낭을 짊어지고 유리는 보라색 약을 털어넣으며 끈이 달린 브라운색 가죽 신발을 신고 있어

# 27 십장생편

## 27-1 방울뱀

소리가 크게 울려
다 왔어
바늘과 실을 준비해
꿰어 옥의 구슬들을
씹어 뱀의 젤리를
모래 위에 만들어지는 미로를 따라
떠나
해가 직각으로 뜨고 강한 모래 바람이
모든 걸 날려버리기 전에
눈을 가려
빛이 너무 환하니까
안 봐도 보여
공간은 빈터야
거기 우리의 파장이 잠깐 주사된다 해서
진한 보라색 꽃잎들이 영원할 줄 아니?
버려
너의 구멍을 보여줘
그리로 들어간다 기다려

## 27-2 비단사슴

절벽 너머를 부드러운 눈망울로
노려보는 너의 등 위에 초록의
고무 괴물이 타고 있구나
사막의 미로에 난 붉은 구멍 속으로
들어왔더니 깎아지른 여기구나
사슴아 유리에게 꽃의 문신을 해주렴
그러면 보라색 약을 줄게
분홍의 비단 패드로 나의 볼에는
연지의 화장을 해주렴
그러면 푹신하고 넓은 베드에
널 눕히고 맛있게 요리해줄게
너머? 그 너머?
너의 젖꼭지가 벌써 딱딱해지면
어떡하니 아직 시간이 너무
많이 남았단다 구름 바로 밑으로
붕 떠가는 시간 역시
구름이란다 거기로 데려다 줄게

## 27-3 트랜스 고릴라

미녀를 보고 자위행위를 했어
절정의 순간에
사람이 되는 꿈을 꾸었어
유리벽 바깥의 구름을 따라
날아가는 몇 종류의 생물들
이끼
바이러스
그리고 추억들
구름 밑으로 길게 드리워진
휘장
지하의 촛불
행렬을 이루고 있는 붉은 가운의
승려들을 따라 깨달음과 사랑은
천천히 땅거미처럼 내려와
나는 겨울의 유리곽 속에 들어 앉아
분열증을 체험 중이야

## 27-4 등고선 암모나이트

지도를 펴
땅거미가 내려앉아
지하의 율동이 느껴지니?
지도를 펴
회전목마의 심장 부위에 화살표를 꽂으렴
피를 흘리는 봄
어지러워
수억의 해골들
널려 있어
피를 흘리는 회전목마의 웃음
가랑이 사이
아버지는 할아버지는 증조할아버지는
어머니는 외할머니는 외증조할머니는
등고선의 푸른 지역과
브라운색 지역과
짙은 고동색 지역에
회전하고 계셔
만나자 만나러 가자

지도를 펴 둥글게 회전목마의
수억의 해골들 널려
등고선 암모나이트야
어지러워 유리는 어디 간 거니
동굴에는 우리가 언제 들어와 있는 거지

## 27-5 푸우, 웃다

느려
너무 느려
괴로운 일들을 잊기 위해
사용하는 바보 같은 웃음
좋아
또 떠나자
그어져 있는 선은
생각하지 말아주었으면 해
우리 둘이 손을 잡으면
언제나 마음은 풍선
맛있는 거 먹었니?
또 졸았어?
푹 자렴 그렇다고
달라지는 건 없어
우리 음악 듣자
재미있는 이야길 해줘
해가 지는구나
솔솔 잠에 빠지는

땅덩어리에 키스를 했어
사랑해 널
오직 너만을

## 27-6 푸른 돌고래

온갖 물음표와 느낌표와
모음과 자음이 숨을 쉬는
바닷속에서 살고 있어
마침표만 빼고 모든 걸
먹어 오늘 아침에는 아름답게
점멸하는 별들 사이로
초승달이 어여쁘게 웃고 있길래
그걸 따먹었지
젖을 물려주련?
milky way; 먼 나라의 옛 시인이
들려준 코발트의 노래; 예쁜 손톱에
낀 앙증맞은 때(정말 이뻐); 그리고
다시 한 번 미지의 인사법을 가르쳐 줄게
)!@#$%^&*(
잘 있어! 떠날 시간이야
니 목소리가 안 들려도 난
니 안에 있어 수많은 융털돌기들
사이로 헤엄치며 신호음을 들으며

니 안에서 살 거야

## 27-7 사과애벌레 통통이

나뭇잎에 이렇게 예쁜
윤곽을 남기다니
퇴폐적이야
짝짝짝

## 27-8 까마귀 혹은 노이즈

너의 선회
한가운데엔 죽음이 있고
그 주변에 핀 회색의 안개를 따라
우는 소리가 들리는구나
온갖 나뭇잎들이 지나간 삶을
추억하느라 저렇게 타고 있어
그 소리야
골짜기엔 두터운 목숨의 계단이
겨울 내내 쌓여 네게로 이르고
텅 빈 곳과 꽉 찬 아우성 사이에
스크래치와 먼지들이 있어
얼음벽을 뚫고 니가 날아들어
넌 이승의 시간이 그리운 거지

## 27-9 꼬리를 흔드는 멍멍이

나의 일과를
슬픈 눈으로 주목해줘
동지섣달 그믐밤 마음속의 달이
깊은 골짜기에 뜰 때
나는 배를 땅에 깔고 엎드려
널 생각했어
생리가 시작되나 봐
나의 눈이 촉촉해지는 걸 좀
봐 줘
널 그리워하기 시작했어
오 즐거운 인생
나는 어디로 가나

## 27-10 초록의 고무 괴물

다시 솟아오르지만
너는 여전히 앉아 있어
'어디를 다녀왔느냐'고 묻자
'내가 여기 있다'고 했어
붉은 해가 골짜기 사이로 떴으니
너의 이마엔 땀방울이 맺힐 만도 해
'떨어지는 물방울을 멈추게 할 힘이
어디에도 없다'
너는 절벽 너머로 떨어지던 무서운
그 물방울을 네 상상 속에서
천장 바로 아래 무늬들이 춤을 추는
곳에 세워 두고 되물어
'나는 그렇게 쓴다?'
'어떻게?'
'지금 거기서 빠져나간다'
초록의 고무 괴물은
물방울을 혀로 날름 받아먹은 후
'태워라 어서 불을 붙여'

하늘을 나는 병풍
그것들이 먼 과거의 궤짝들 속으로
허리가 꺾인 채 달려 들어가
불타오르는구나

# 28

　잠을 깨자 초록의 고무 괴물이 조간신문을 보고 있었
어 '당신은 언제 빠져나왔죠' 신문 냄새가 나 사건들이
풍기는 신선한 냄새 '아 오늘은 어떤 살인이 벌어졌
지?' 유리가 팬티 바람으로 눈을 부비며 나와 쪼그려 앉
은 채 초록의 고무 괴물의 오른쪽 어깨 뒤쪽에서 신문을
바라보고 있어 그때 제작자가 왔어 초록의 고무 괴물이
'어렵게 돈을 벌고 나니 용돈을 아껴 쓰는 버릇이 생겼
다'고 하자 '당신이 풍파 운운한 것은 좀 당혹스럽다'고
했어 아직도 머리가 아파 "살인 후 태연히 등교" 난 어
딜 갔다 왔드라 유리는

．

　초록의 고무 괴물이 보라색 약을 나눠주면서 '세레모니에 참석할 수 없는 너의 슬픔에 대하여' '이해한다'고 했어 너는 그 이상으로 아름답기 때문에 거기 갈 수 없는 거야 '이해하기 바란다.' 그래, 그건 슬픈 일이야, 그러나 유리구두는 니 꺼잖아 나는 낙지볶음을 기다리고 있어 유리는 '그 역할이라면 사양하겠다'고 했어 그 이상으로 탐욕스럽게 모든 걸 다 가질 수는 없다고 했어 '너는 아빠도, 엄마도 없고 너를 키워준 세대도 없다, 그래, 나를 때려다오' 초록의 고무 괴물이 유리에게 검은 눈빛을 주었어 유리는 나 보는 앞에서 처음 울었어 '그러나 적어도 불화를 감당하는 법이 뭔진 알어' 생각보다 달치근한 것 빼고는 낙지볶음이 맘에 들어 담에 또 시켜 먹자 우리

# 30

초록의 고무 괴물의 아들이 찾아왔다 아들은 이런 시나리오를 쓰고 있다고 했다 "어느 날 내가 폐휴지를 묶으며 굽은 골목 바깥의 석양을 구경하고 있을 때 누명을 쓴 아들이 찾아와 몸을 숨겨달라고 했다 어머니는 아들을 끌어안았고 나는 뺨을 후려쳤다 '니가 누명을 썼다는 걸 증명해라' 아들은 어머니가 안다고 대답했다 아들은 골판지 틈서리에서 이틀 밤을 새웠다 경찰이 찾아와 아들의 근황을 물었고 나는 그 버린 자식 만난 건 삼 년도 더 되었다고 했다 삼 일 후 아들은 다시 굽은 골목 석양을 향해 떠났고 어머니는 돌돌 말은 종이돈 여러 장과 반지 하나를 아들에게 주었다" 초록의 고무 괴물은 아들에게 '자랑스럽지만은 않다'고 했다 아들은 초록의 고무 괴물 앞에서 오랫동안 말없이 결명자차를 먹다가 다음에 당신이 죽음 속에 빠지는 꿈을 꾸겠다고 하고 갔다 초록의 고무 괴물이 울면서 '사랑해'라고 말했다

# 31

초록의 고무 괴물이 오늘은 우울한가 봐 전화 올 것이
있는데 오지 않아서 그러는 거 같아 한참을 기다렸어
'한 번 해보지 그래요' 초록의 고무 괴물은 오늘 우울해
'뜨거운 물에 샤워를 해' 유리가 권했지만 초록의 괴물
은 대답조차 안 해 아무리 즐거워도 사랑은 괴로워 데이
터 베이스의 작성을 의뢰받은 적이 있나요, 이 물음과
브람스를 좋아하세요, 라는 물음이 갖는 차이는 때로는
없어 센티멘털할 경우에 특히 그렇지 초록의 고무 괴물
은 오천 곡을 듣고서 그 곡들을 각각의 하위 장르로 분
류하는 일을 하고 있어 지금 듣는 곡은 하위 장르로 분
류할 수가 없어 그 노래, 어느 상가집 문밖, 훨훨 타는
장작더미가 취한 거지의 얼굴을 붉게 물들이던 새벽에
들었어, 그 거지, 아들이 있다고 했다, 전쟁 때는 병사였
어 은박접시에 담긴 편육을 먹으며 타는 불을 바라보았
어 그 검은 손, 아주 멀리, 펄럭거리며 이 노래로 날아
들어올 눈빛을 분류해야 하다니

# 32

　문자 메시지가 왔어 賻儀 누군가가 죽었나 봐 초록의 고무 괴물은 문방구로 아무 글씨도 없는 편지 봉투를 사러 갔어 정성스럽게 칠한 관 속의 서늘함 오래된 언덕에 누워 있다가 맑은 샘이 퐁퐁 솟아나오는 개울 근처에 이르러 쪼그려 앉아 작은 물 여울 따라 은빛으로 휘도는 모래알의 황홀함을 바라봐 골목을 돌아 해가 뉘엿뉘엿 집으로 가는 길은 아직 멀어 공사 중인 곳들을 지나쳐야만 해 회색 시멘트 벽돌의 뻥 뚫린 구멍이 해골 같아 목장갑 낀 구릿빛 손목에 문신한 거미와 거미줄 그 거미가 젊었을 땐 어떤 먹이를 먹고 어디서 잤을까 양은 막걸리 잔이 허옇게 마른 채 뒹구는 공사판을 지나야 해

# 33

유리가 어디 갔지 초록의 고무 괴물이 넥타이를 풀고
있어 비가 오는 옥상에 올라가보자, 초록의 고무 괴물이
짧은 바지를 입으며 말했어 나와 초록의 고무 괴물은 쓰
레빠를 끌고 텅텅 소릴 내며 옥상으로 갔어 유리가 안
보여 초록의 고무 괴물은 약 기운이 남아 있는 상태로
상갓집엘 간 게 실수라며 옥상에서 이상한 이야길 했어
흑백의 사진 옆 향냄새가 피어 오르는 허공의 노란 국화
사이로 벗은 유리와 유리의 태아가 보였다는 거야 옥상
에서 초록의 고무 괴물은 새들이 날아다니며 만드는 무
중력의 선들을 붙들고 울었어

# 34

    계속해서 초록의 고무 괴물은 유리의 목소리가 들린다고 했어 '저 먼 산, 그리고 그보다 가까이의 회색 콘크리트 건물, 비에 젖는 그 둘은 비에 젖는 동안은 동일한 육체감을 가지고 있'다고 유리가 말해와 이 도시 어디에선가 도시는 그 순간에만 아름다워 환풍기에 이어진 자바라 형태의 굵은 이음관과 떡갈나무 아래의 초록 애벌레의 육체감이 하나이듯 우리 모두는 도시에서 그런 식으로 사랑을 하지 초록의 고무 괴물은 우산을 접었고 나는 하늘을 봤어 유리, 넌 거기에도 있는 거니

# 35

　유리가 학교를 다녀와서 흰 양말을 벗고 있어 아주 태연한 얼굴, 창백하고 드라이한 그 얼굴엔 그러나 눈물 자국이 있었어 '아이를 죽였어' 초록의 고무 괴물이 '나의 아들, 나의 아들' 너는 엄마였구나 '약을 모조리 갖다 변기에 처넣어' 알아보지 못했다 어지러워 '그렇게 쓰지 마' 나는 말했

어 초록의 고무 괴물은 '저 아이가 한 짓을 보라' 유리는 '견딜 수 없었어' 유리가 약통을 들고 설쳐 약이 쏟아져서 나는 그것들을 주워 변기에 가져다 버렸어 너무 아파 너무 아팠다 유리가 옷을 훌훌 벗고 피눈물을 흘려 초록의 고무 괴물이 외출해버렸어 아주 오래된 깃 넓은 검은 외투 차림으로 황사가 불고 있어 바늘비가 사선으로 풍경에 손톱 자국을 내 나도 초록의 고무 괴물만큼 유리를 사랑해 그런데 왜 이렇게까지 되었을까 왜 유리의 일기장에는 내 아이에 관한 기록이 없지 그 아이가 내 아이였다면 나는 유리의 일기장에서 살의 자체를 지워버리고 초록의 고무 괴물을 쓰레기통 속에 처박은 다음 유리와 떠날 텐데 유리는 그의 딸 그의 연인 내 상상의 물병 바깥에서 유영하는 보라색 물고기

# 36

'사랑은 때로 뼈아픈 결과를 낳기도 하지' 예를 들어, 아니, 예를 들지 말자 우리, 너의 경우는 어떠니, 나의 경우는, 예를 들어, 아니, 나의 경우는, 아니, 나는, 그래, 나는, 뼈아픈 결과야, 결과 자체야, 결과라구? 결과? 너는 겨우 결과니? 초록의 고무 괴물, 예를 들지 말아보자, 생각을 멈추고 잠시 그냥 잠들어 있는 유리를 떠올리자, 선풍기가 돌고 있는 방 안에서 일정한 주기로 떨리는 포스트잇과 그림자의 벽을 생각하지도 말고 바라만 보자, 자 다시, '사랑은 때로 뼈아픈 결과를 낳기도 하지'

초록의 고무 괴물이 말했어 '이런 식으로 두 번 쓰는 걸 운동이라고 해' 운동 삼아 한번 해봐라 너두, 나는 그 효과를 물었어 초록의 고무 괴물이 대답했어 '사랑은 때로 뼈아픈 결과를 낳기도 하지'

# 37 사라진 유리

　망가졌어, 유리는 망가졌어, 우물 속에 아이를 던진 청순한 옛 소녀의 광증을 허공에 흐르는 보라색 띠로 이어 받았어 유리가 학교에 갔다 돌아오다가 그렇게 아무 전갈 없이 떠난 후 초록의 고무 괴물은 새벽에 나돌아다니다가 돌아오는 버릇이 생겼어 오늘 초록의 고무 괴물은 해가 뜨는 여섯 시, 해장국집 아줌마가 해장국집 바깥에 초록의 프라스틱 의자를 놓고 앉아 억겁의 세월을 껴안는 표정으로 눈을 감는 걸 보았어 눈이 부시기 때문만은 아니었을 거야 세로로 걸린 쓰레기 같은 간판들 붉은 그것들 선지 둥둥 춤을 추는 해장국, 솥은 김을 뿜어 바로 사라진 유리의 표정이야 나는 왜 살았을까 몸이 부서지도록 혼신의 힘을 다해 사라진 유리야 너는 어디 있니 여보 해장국이나 한 그릇 먹구 가우

# 38 빈 방

　유리가 떠났어 초록의 고무 괴물은 백여덟 알의 보라
색 약을 먹고 침을 질질 흘리고 있어 니가 없는 방은 빈
방 니가 없는 집에 내가 있어도 니가 없는 집은 빈 집

# 39

　초록의 고무 괴물이 집필을 하다가 깜박 잠든 사이, 난 우연히 그의 컴퓨터 키보드를 건드리게 되었어 유리를 보았어, 라고 써 있었는데 기분이 우울해서 ←를 세 번 누르고 쏘았어, 라고 고쳐 썼어 우발적인 일이 벌어진 거야 지우개가 옆에 있었지만 그걸 들기가 싫었고 나는 뜨거워졌어 유리가 이상한 눈초리로 나를 쳐다보고 있었고 유리에게 나는 잼 토스트와 커피를 시켜주면서 먹으라고 했어 나는, 쏘아, 버렸어, 너무 우발적으로, 하는 수 없이 난 살인자가 되어버렸지만 초록의 고무 괴물은 여전히 모르고 있어

# 40

초록의 고무 괴물이 오랄을 하자고 나에게 제안했을 때 나는 "하루 연기" 하자고 했어 "만전을 기한다" '당신 후장을 빠는 일이 예전 같지는 않다' 유리, 유리 넌 그 아프던 날 나를 안아주었지 후장도 빨아주었고 보라색 약도 주었어 사랑이 필요한 날 너는 사랑을 내게 주었고 나는 돈을 치렀지 니가 추던 춤은 슬펐어 브라자 모델 일이 널 그토록 망치디? 다 잊어라 난 니가 초록의 고무 괴물의 아이를 죽였다, 고 씌어 있는 걸 몰랐어 실은 초록의 고무 괴물 때문이야 유리는 한때 "당신은 작가인 가" 하고 물었었지 '왜 그렇게 썼지?' 말해봐 초록의 고무 괴물, 입가의 주름들 때문에 넌 늘 웃는 얼굴이야 '그 얼굴로 그렇게 쓴 거야?' 어서 말해 초록의 고무 괴물이 말했어 '미치겠어, 유리를 찾아 와, 그전까지는 나와 오랄을 하자' 변태새끼 왜 그렇게 써놓고 나와 오랄을 하제

# 41 유리의 변사체

"경찰은 사체 일부가 온통 예리한 흉기로 도려져 있는 점으로 미뤄" 초록의 고무 괴물이 자수했어 사라진 사람들 때문에 나는 어디를 가야 할지 모르겠어 초록의 고무 괴물에게 계속해서 문자 메시지가 와 "치정 등 원한 관계에 의한 범행일 가능성이 높은 것으로 보고" 보라색 약을 몇 알 먹었드라 아버지가 할아버지로 보이고 빨간색으로 반짝이는 별들 사이로 검은 혈흔이 똑똑하게 보여 "신문지, 쌀포대, 종이 상자 등 사체를 싸는데 쓰인 유류품의 출처를 추적하고"

초록의 고무 괴물이 자수했어, 라고 나는 썼어

# 42 자술서

Erwin Blumenfeld* 의 「쇠라풍의 다리」, 어느 토막 살인 현장

　　인천 토막살인 사건을 수사 중인 인천 남부경찰서는 *16일 사체의 신원을 파악하는 데 수사력을 모으고 있다. 경찰은 15일 남동구 간석4동 식당 인근 건물벽 사이에서 발견된 사체의 발 크기가 225mm인 점으로 미뤄 키 150~160cm의 여자가 살해된 것으로 보고, 인천 지역 가출인 중 이같은 신체 조건을 지닌 이들의 가족들을 상대로 신원 확인 작업을 벌이고 있다.〔······〕*

　　　　　　　　　　*(중앙일보, 2000년 3월 16일, 이하 동일)*

이 사진은 지도이다. 나는 나에게 던져진 모호한 형상

앞에서 당황하면서, 어딘가로 가려 한다. 나의 시선은 샅샅이 이 지도의 곳곳을 헤매지만 언뜻 그 시선에 상상의 날개가 달리지는 않는다. 그래서 시선은, 한밤중이 된다. 깜깜한 밤중. 땀을 뻘뻘 흘리며 질문을 시작한다. 작가는 이 다리를 왜 찍었을까. 다리는 다리일 뿐이다. 약간 기우뚱하게 서 있는, 아름다운 것도 아니고 충격적인 것도 아니고 실은 아무것도 아닌 다리. 미묘한 질감으로 처리하긴 했지만 사진 찍힌 대상이 '다리'라는 점에서부터, 다시 말해 사진의 소재로부터 명쾌한 느낌들을 받을 수가 없다. 무엇인가가 그 다리들로부터 확 와주어야 할 텐데, 오지 않는다.

오지 않는다. 서 있다. 힘들게 버티고 있는 다리이다. '다리'라는 소재로부터 상상의 나래를 펼치려고 했던 나의 의도를 무화시키는 다리이다. 그래서 나는 나에게 오기를 거부하는, 버티고 있는 그 '다리'로부터 출발하는 일을 포기한다. 그것이 다리가 일러주는 바이다. 아마도 작가에게도 그런 고민은 있었으리라. 눈에 잘 들어오는 소재들에서 출발하는 게 사진가로서도 훨씬 쉬웠을 것이다. 어윈 블루맨펠드라는, 처음 들어보는 이름의 그 작가도 그런 사진을 찍어본 적이 있었을 것이다. 그러나 그로부터, 즉 소재로부터 출발하는 일, 그로부터 무엇인가가 오도록 하는 일, 과연 그렇게 한다는 것은 무엇인가. 그것은 사진을 찍는 일인가. 꼭 사진으로 고정시켜야 그 소재가 살아 있던 시간이 우리에게로 오나. 아니, 그 시간을, 그 시간, 어느 공간에 존재하던 그 소재가 남긴 빛의 흔적을 사진으로 고정시킨다는 건 무엇인가. 그 시간은 이미 있었다. 그리고 그 소재도 거기 있었다. 사진은 그것이 거기 있었다는 사실의 빛의 흔적만을 우리에게 남겨줄 뿐이다.

경찰은 또한 발견된 사체 모두를 이날 국립과학수사연구소에 보내 유전자 감식 등 정밀감정을 의뢰하는 한편 신문지, 쌀포대, 종이 상자 등 사체를 싸는데 쓰인 유류품의 출처를 추적하고 있다.〔……〕

그 '무엇'을 지운다. '무엇'의 엄청난 무게감을, 무시무시한 노력을 기울여 지운다. 왜 지우려 했을까. 나는 작가의 마음이 되어본다. 어느 순간, 작가는 암실에서 인화지를 흔들어 빨다가 문득, 내가 지금 그 '무엇'이 태어나기를 바라고 있다는 사실을 깨달았을지도 모른다.

그건 시인도 마찬가지이다. 시 안에서 그 무엇이 다시 태어나기를 바란다. 그러나 그런 바람은 환상이다. 예술작품 안에 진짜로 그 무엇이 들어 있지를 않은 것이다. 그 무엇들의 흔적이 겨우 있을똥 말똥이다. 흔적은 그 '무엇'의 그림자일 뿐이다. 그렇다면 작품을 만든다는 일은 무엇의 그림자를 쫓는 일일까. 소박하게 생각해서 그렇기만 해도 어디냐 싶기도 하다. 그러나 그걸 쫓는 일이 우리 인생에 주는 위안이 무엇이냐. 고작 인생이라는 게 원래 그렇게 나비 쫓음일 뿐이라는 걸 알려주는 것 이외의 무엇이냐. 작가가 다음과 같이 결론을 내렸을 것 같다. 욕심을 접고 '무엇'을 닫자. 무엇을 닫고 허위를 깨치자. 무엇을 지우고 나면 빛의 흔적만이 남는다. '무엇'의 흔적이 아니라 그냥 빛의 흔적이다. 그렇게 되면 그건 아무것도 아니고 사진일 뿐이다.

이런 생각을 하면서 다시 사진을 들여다본다. 시선에게 관할권을 넘겨준다. 시선은 이렇게 대답한다.

"명암의 덩어리"

자세히 들여다보면 '다리'인 부분과 '다리가 아닌' 부분을 구분해주는 어스름한 선이 밝음과 어두움의 교차를 통해 드러나 있는데, 더 자세히 보면 그 선은 무의미하다. 밝음과 어두움의 대비일 뿐이다. 다리와 다리가 아닌 부분이 이어져 있다. 꼬물거리는 벌레 같은 질감의 배경(그걸 배경이라고 불러야 하는지 잘 모르겠지만)은 실제로 다리와 다리 바깥의 구분도 없이 화면 전체에 가득하다. 벌레들이 가득하고 그 위로 어스름한 명암이 구역을 분할하고 그 구역 분할이 '다리'라는 소재를 아주 뻣뻣하게, 다시 말해 다리라는 그 '무엇'이 강조되는 걸 폭력적으로 막아내면서, 암시할 뿐이다.

경찰은 사체 일부가 온통 예리한 흉기로 도려져 있는 점으로 미뤄 치정 등 원한관계에 의한 범행일 가능성이 높은 것으로 보고 있다. 한편 경찰은 인천 남부경찰서 간석1파출소에 수사본부를 설치하고 수사본부장에 박종국 남부경찰서장을 임명했다.〔……〕

다리에서 발로 가면서는 명암의 구분조차 모호해진다. 다리의 아래쪽에는 발이 있어야 한다는 사실에 관한 우리의 일반적이고 막연한 추측만이 거기에 달린 게 발이라는 걸 상상하도록 한다. 아, 너무 진하고 어려운 사진이다. 왜 발은 제대로 보여주지도 않는 것일까. 시선에게 모호한 더듬기를 요구하는 사진이다. 이 사진은 사진이 아니라 지도이다. 지도를 보고 공간을 상상하듯, 사진을 보고 형상을 상상하는 수밖에 없다. 나의 시선은 한밤중의 골짜기를 포복하고 있다. 작가가 거의 지우듯이 던진 '다리'라는 목표를 향해 포복하고 있는 것이다. 찌는 듯한 여름밤, 한밤중의 수풀을 헤맨다. 판초 우의와 살갗 사이로 땀이 흥건하게 차 있다. 야간 독도법 훈련을 하고 있는 중이다. 목표 지점이 지도에 표시되어 있다. 방위와 거리를 잰 후 위치를 확인했다. 우리는 거의 그 위치에 도달해 있다. 그러나 마지막 위치는 언제나 그렇듯 지도에 표시되어 있는 것으로부터는 암시받을 수 없는, 장마철을 지나 제 마음대로 자라난 잡초들의 우거진 어두움 속에 자신을 숨기고 있다. 그 정확한 지점은 현실 속에만 있다. 거꾸로 말하면, 현실의 정확한 지점은 늘 지시되지 않는다. 거기서는 지도를 버리고 잡초들 틈을 손으로 뒤져야 한다. 손이 풀에 씻긴다. 그 지점을 찾기 위해 암중모색하는 손은 긴장과 흥분 속에 약간 떨리기까지 한다. 이건 어쩌면 사랑일지도 모른다. 마지막 지점에 도달하는 방법은 사랑밖에는 없다. 가지고 있는 모든 지도를 버리고 그 지점에 과감히 접근하는 것이 그 지점과 입맞추는 유일한 방법이다. 사랑이 아니면 그 지점은 버려지거나 배반당하거나 아예 찾아지지 않는다. 가리워진 너를 향해 뻗은 나의 손, 마지막 지점에서 우리는 늘 사랑을 한다……

다시, 상상을 거둔 나의 시선은 여전히 깜깜한 밤중을 헤맨다. 벌레들의 암중모색. 꼬물거리는 벌레들이 우글거리는 지도 위에 우리의 시선은 너무 진하고 어렵게 기어다닌다. 다리에 등고선이 그어져 있다. 스타킹일지도 모르고 다리 위에 페인팅한 것일지도 모르지만, 어쨌든 다리 위에 그어진 선들은 등고선이다. 시선이 한밤중에 암중모색하면서 찾아낸 '다리'의 높이들을 지정하는 등고선이다. 아, 등고선이 있구나. 등고선을 따라 올라가자. 발에서부터 출발한다. 깜깜하다. 점점 위로. 조금씩 알 것 같다. 찾았다! 다리이다. 높은 곳, 낮은 곳, 왼쪽, 오른쪽…… 맞다. 다리이다. 나는 벌레들이 기어다니는 틈에 몸을 비집고 잠시 휴식을 취한다. 수통에 아직 물이 남아 있다.

그러나, 더 이상은 없다. 그 위로는 올라가지를 않는다. 이 다리는 허리 위가 잘려져 있는 다리이다. 이 다리의 주인은 누구인가. 그 다리 위의 허리는? 손은? 허리춤에 걸치고 있을까. 얼굴은? 선글라스를 끼고 있을까, 아닐까. 눈은 어디를 보고 있을까. 아무것도 없다. 다리 위의 모든 것이 잘려 있다. 다리가 누구의 것인지를 상상할 수 없을 뿐만 아니라 그 다리가 무엇을 지탱하고 있는지도 전혀 알 수가 없다. 그래서 이 사진은 비참하다. 정육점 냉장고에 얼음이 되어 걸려 있는 근육 덩어리와 다를 바가 없다. 작가는 왜 사람 다리를 이렇게 절단하여 명암을 입힌 뒤 인화지에 박아 놓았을까. 토막 살인의 현장이다. 사건을 지시할 만한 아무런 단서도 없다. 그 '무엇'에 처절하게 괄호를 치고 있다. 비참하고 폭력적인 익명성, 벌레들이 우글거리는 페이퍼 위에 덩그러니 놓여 있는 두 개의 다리. 시간, 역사, 공간, 대상, 그 모든 것은 방부처리되어 있다. 그래서 움직이지도 않고, 썩지도 않고, 결국은 허공의 것이 된다.

　이에 앞서 15일 오후 4시 55분께 간석4동 모 식당 인근 건물 벽 사이(90cm)에서 식당주인 이모(47.여) 씨가 여자의 것으로 추정되는 토막사체 일부를 발견, 경찰에 신고했다.〔……〕

* Erwin Blumenfeld(1897~1969)
　독일 태생의 유대계 사진 작가. 미국에서 주로 활동.

# 43

유리가 꼭 한 번 함께 바닷속을 헤엄쳐보자는 말을 했
던 여름이 있었어 나는 유리 일기장의 그 말들이 플랑크
톤처럼 춤을 추는 밤에 그녀와 함께 산호의 숲속을 유영
하는 꿈을 꾸었어 약 때문인지도 몰라 옥빛에 가까운 푸
른빛을 보았고 유리는 나와 함께 있었고 나는 행복했어
그때 아마도 유리는 나를 사랑했었을 거야 우리는 시원
한 계단에 앉아 함께 줄을 골랐어 밤새 이야기를 나누었
고 새벽에는 유리의 가느다란 팔이 나의 검은 어깨에 닿
았지 초록의 고무 괴물의 커다란 눈망울은 그 이후로 나
를 경계하기 시작했지 유리의 일기장은 차근차근 지워
졌어 나는 마음의 꼬리를 쫓는 지우개 초록의 고무 괴물
과 유리 그들 모두 쏴버릴 거야 그렇게 쓴 건 나였을까
아냐 플랑크톤이 증오의 총알이 되었어 그걸 그렇게 만
든 건 초록의 고무 괴물이야 그는 시카고에서 플랑크톤
을 전화기에 장전했어

그러나 나는 지우개를 들고 지워버렸을 뿐

# 44

유리가 빨랫줄에 널려 있는 착한 빨래들처럼 흔들리다가 차곡차곡 접혀 서늘한 장롱 속에 들어가 쉬고 싶다고 했어 어느 날 갑자기 찾아든 빛이 그를 다시 장롱 바깥으로 꺼내는 날 그에 의해 더럽혀지고 싶어 너덜거릴 만큼 말이야 초록의 고무 괴물은 빈 무대에 홀로 서 있던 마이미스트를 기억한다고 했어 아무도 없는 간이 무대, 실은 비가 오고 있었지, 둥근 조명을 받으며 외발로 서는 연습을 하고 있는 그를 위해 우리가 할 수 있는 건 무얼까 "마지막으로 가족들과 짧은 작별의 시간을 갖고 인사를 나눴다" 그는 고아였을지도 몰라 오늘 난 면사포를 쓰고 싶어, 쓰레기 더미 옆에서 가을을 알리는 귀뚜라미 소릴 들었어 더러운 국물을 마시며 노래하는 니가 먼 나라의 옛 시인이니? 두보? 도연명? 소월? 죽음의 화장을 한 클럽 문 앞의 네온사인 처녀 아름답게 죽고 싶은 게 이 도시의 소원이지 별빛은 초라해, 방부제가 빠졌어 가을 태양 아래 너울거리는 빨래들만큼이라도 자유로웠으면

# 45

'사랑해 너를 사랑해 조금 전까지도 난 몰랐어' 초록의 고무 괴물은 여기까지 문자 메시지를 보내고 잠시 쉬겠다고 했어 '어때, 엔딩이?' 글쎄, 너무 흔한 엔딩 아닌가, 근데 뭐 이 정도면 되지 않을까 싶기두 하구, 나더러 산책을 나가자고 해서 난 담배도 살겸 그러자고 했어 내일 모레 이틀이나 쉬니 한 잔 할까, 약이 깨면 무슨 생각이 날까 산책을 하면서 초록의 고무 괴물이 말했어 '약을 버리자 몸으로 할 수 있을 거야' 그래, 흔들리는 주파수, 저 나무처럼 맨몸으로 깊이 내려가자 마음의 성은 폐쇄야 난 너무 슬플 거야 유리 너처럼

# 46 빈 손

　당신을 원하지 않기로 한 바로 그 순간 나는 떠돌이가
돼 그것을 놓았는데 다른 무얼 원할까 그 무엇도 가지기
가 싫은 나는 빈 손, 잊자 잊자 혀를 깨물며 눈을 감고
돌아눕기를 밥먹듯, 벌집처럼 조밀하던 기억의 격자는
끝내 허물어져 뜬구름, 이것이 내가 원하던 바로 그것이
긴 한데 다시 생각해보면 어떻게 이렇게 잊혀지고 말 수
가 있을까 바로 그 때문에 슬픔은 해구보다 더 깊어져
나는 내 빈 손을 바라보다 지문처럼 휘도는 소용돌이 따
라 망각의 우물로 더 깊이 잠수하며 중얼거려 잊자 잊자

# 47 작별

잠이 덜 깬 얼굴로 니가 부시시 방에서 나오던 일요일 오전을 기억해 그러면 난 널 데리고 다시 방으로 들어가 커튼을 거쳐 부드럽게 들어오는 오전의 햇살을 받으며 오랫동안 함께 침대에 누워 있었지 이젠 그럴 수는 없을 거야 아무 가려진 것 없이 천천히 지나가던 그 시간들 속에 있던 너를 다시는 만나기 힘들겠지

# 48

(자막이 올라가는 동안) '정말 순간순간 몰입했던 것 같아요 이제 어떻게 유리를 버리지요 아니 나를' 하얀 침대 위에 하얗게 탈색된 유리의 시체가 놓여 있어 바람이 부드럽게 커튼을 춤추게 하고 유리의 머리칼을 쓰다듬어 유리는 바람을 느껴 오해였어 왜 그렇게 받아들이지 '컷!'

마지막 신이 끝났어 그래도 유리는 일어나지 않아 아무도 움직이지 않고 자막이 올라가 이제 유리의 일기장에는 한 글자도 남아 있지 않아 사랑하는 유리 나는 당신의 지우개

# 지워지는 이야기

김태환

## I. 장르의 문제: 시와 이야기

### 1. 시집과 순서

성기완의 『유리 이야기』를 읽으면서 떠오르는 첫번째 질문. 시집이라는 장르로 출간된 이 책은 과연 시집인가?

시집은 독립적인 여러 편의 시들을 모아놓은 책을 말한다. 한 시인의 시집에 모여 있는 시들은 그 시인의 시 세계를 드러내는 단편(斷片)이면서, 동시에 그 자체로 완결된 하나의 세계를 이룬다. 시집 전체가 하나의 작품이지만, 시집 속의 시 한 편 한 편도 작품인 것이다. 한 시집 속의 시들 가운데 일부가 다른 시집 속으로 편집되어 들어갈 수 있는 것도 이 때문이다.

시집의 중요한 특성은 시가 배열되는 순서가 그렇게 결

정적이지 않다는 점이다. 물론 시인이 시집을 낼 때 어떤 식으로 시들을 배열할 것인가에 대해 고민하는 것은 사실이다. 이는 시집 속에 배열된 시들의 순서가 전혀 무의미한 것은 아님을 의미한다. 하지만 여기서 확인할 수 있는 또 한 가지 사실은 시의 배열 순서가 작품의 내적 구조로부터 도출되기보다는 어느 정도 임의적으로 결정될 수밖에 없다는 점이다. 후대의 편집자는 시인의 시선집을 만들 때 시들을 재배치할 자유를 누린다.

성기완은 시 한 편 한 편에 제목 대신 일련번호를 붙임으로써 시의 순서를 움직일 수 없이 고정시켰다. 예컨대 한 시 위에 씌어진 '7'이라는 숫자는 그 시가 이 책 속에서 일곱번째 자리에 놓여 있다는 것을 의미한다. 그것은 이 책의 문맥을 떠나서는 의미를 상실하고 만다. 『유리 이야기』에 실린 대부분의 시들은 번호 외에는 제목이 아예 없다. 어떤 시들은 문예지에 독립적인 작품으로서 발표됐을 때만 해도 제목을 가지고 있었지만, 시인은 시집을 묶으면서 제목을 지워버렸다. 그 결과 시들은 독자성을 잃고 일정한 위치를 배정받은 전체 속의 부분으로서 『유리 이야기』 속에 통합된다.

## 2. 전람회의 그림: 미술과 음악

성기완이 책의 뒤표지에 언급한 무소르그스키의 「전람회의 그림」은 『유리 이야기』의 구성에 대해 많은 것을 시사해준다.

무소르그스키의 「전람회의 그림」은 참 특별한 느낌을 불러일으킨다. 전람회장의 그림들에 머무는 작가의 시선이 음표가 된다. 시선은 일정하게 걸려 있는 액자들을 따라, 여기에서 저기로 기분을 바꾸며 움직인다. 「전람회의 그림」은 일정하게 흐르는 시간을 공간에 관한 회상으로 대체시킨다. 전람회장의 화살표를 따라가는 일에서는 내러티브가 형성되지 않는다. 그러나 그것은 분명한 하나의 흐름이다. 한 편의 시는 하나의 액자이다. 누렇고 예쁜 구리못을 써서 전람회장에 액자를 걸 듯, 한 편한 편의 시를 써서 시집이라는 집의 벽에 건다. 그 액자들을 따라 회랑을 걷다 보면, 저절로, 액자들의 흐름 속에서 말의 흐름이 생긴다. 말의 흐름은 필연적으로 이야기가 된다.

무소르그스키의 「전람회의 그림」은 미술과 음악, 공간과 시간의 만남이다. 전람회장에 공간적으로 배치된 미술 작품들은 감상자의 시선에 비쳐지면서 시간적 흐름으로 전화되고 음악이 된다.

성기완은 시집을 전람회장이라는 공간에, 그 속에 담긴 시 한 편 한 편을 전람회장에 걸린 액자에 비유한다. 그리고 시라는 액자들을 따라 걷다 보면 그 속에서 말의 흐름이 생겨난다고 부언하고 있다. 이것은 특별히 시인 자신의 책에 대한 진술인가? 언뜻 생각하면 그렇게 들리기도 하지만, 사실은 시집 일반에 대한 진술이라고 보아야 한다. 모든 시집들이 성기완이 생각하는 전람회장의 구조로 해석될 수 있기 때문이다. 시집은 일종의 공간이고, 성기완이 얘기하는 말의 흐름은 독자가 시집이라는 전람회장을 걸어다니면서 전시되어 있는 시들을 구경할 때 비로소 생겨난다.

즉 시집이란 그 자체가 흐름은 아니고, 흐름이 생겨날 수 있는 잠재적 가능성일 뿐이다. 하지만 성기완은 자체 내에 흐름을 간직하고 있는 시집을 구상한다. 그리고 그 흐름은 책의 제목이 말해주듯이 이야기에 의해서 생겨난다. 따라서 『유리 이야기』는 전람회장으로서의 시집이라기보다는, 그것을 음악적 흐름으로 전화시킨 무소르그스키의 「전람회의 그림」에 대응된다.

## 3. 시와 이야기

성기완은 한 편의 이야기를 시집의 기본 줄기로 삼고 있다. 그 결과 시집은 분명한 시작과 결말을 가진 전체가 된다.

이야기가 된 시. 성기완은 '초록의 고무 괴물'과 '유리'와 '나'라는 인물에 관하여, 그들의 사랑과 질투와 살인에 관하여 이야기한다. 여기서 다음과 같은 의문이 떠오른다. 그것은 이를테면 소설가가 하는 이야기와 어떻게 다른가? 무소르그스키의 작품이 미술과 음악의 만남이듯이, 성기완의 『유리 이야기』역시 이질적인 장르들 사이의 만남이라고 말할 수 있는 것일까? 시와 이야기가 미술과 음악이 대비되듯이 그렇게 대조적인 것일까. 시는 본래 이야기와 하나였는데 말이다. 고대에서 근대 이전까지 이야기는 시로 낭송되거나 노래로 불려졌다. 서사시, 담시 같은 장르들이 시와 이야기의 친연성(親緣性)을 증명해준다.

하지만 근대에 이르러 시와 이야기는 분리된다. 양자의 분리는 이야기가 소설과 같은 산문 장르에 포섭되면서 일어났다고 할 수 있다. 소설이 이야기를 전달하는 주요 매체가 된 상황에서 이야기를 운문 형식에 담는 것은 더 이상 자연스럽게 느껴지지 않았다. 시는 이제 이야기가 아닌 어떤 것이 되어야 했다. '시'라는 말이 '서정시'와 거의 동의어가 된 것은 이러한 상황과 깊은 관련이 있다. 근대 이전에 시의 하위 장르 가운데 하나였던 서정시는 근대에 이르러 시를 대표하는 장르, 아니 더 나아가 시 자체가 된다. 그것은 서정시가 정서나 감정의 표현으로서, 완결된 이야기를 필요로 하지 않는 장르이기 때문이다.

이야기가 배제된 장르로서의 서정시, 또는 시. 시는 하나의 장면이며 순간이다. 시적 순간을 둘러싼 전후관계나 자초지종은 시에 비본질적이며, 이야기는 생략되어도 무방한 것이다. 이야기는 어떤 일이 일어났는지, 왜 일어났는지, 그것이 어떤 결과를 낳았는지 설명해야 한다. 이야기의 대상은 오직 연속적인 과정 속에서만 이해될 수 있는 어떤 것이다. 과거를 회상하는 시인과 이야기꾼을 비교해보자. 시인에게 중요한 것은 과거에 어떤 사람이 했던 단편적인, 때로 엉뚱하다고 할 수 있는 말 한 마디나 표정, 행동 따위다. 예를 들면 삼촌이 죽던 겨울밤, "그 밤을 하얗게 새우며 생철 실로폰을 두드리던" 기형도의 기억 같은 것.[1] 그러나 이야기꾼의 기억은 이와 다르다. 이야기꾼은 기억 속의 시간을 인과적인 사건의 연쇄로 매워야 한다. 이때 흐름을 끊어놓는 빈틈이나 비약은 허용되지 않는다.

성기완의 시편 하나하나는 일관된 흐름을 형성하지 않

---

1) 기형도, 「삼촌의 죽음──겨울 판화 4」, 『잎 속의 검은 잎』, 문학과지성사, p. 96.

는 맥락 없는 단편(斷片)들의 모음이다. 이 때문에 그것은 시행 구별 없이 산문의 형태로 제시되고 있음에도 불구하고 시적 텍스트로 지각된다. 예컨대 다음과 같은 시(「시 5」)를 살펴보자.

　　하얀 고무신에 까만 양말과 붉은 나이키 문신 이 세 가지 요소가 어떻게 한 의식 속에 공존할 수 있을까에 관한 문제를 초록의 고무 괴물이 제기했어 우리는 심사숙고에 들어갔지 정답이 DMZ가 아닐까 하는 견해가 조심스럽게 여론을 형성해가자 초록의 고무 괴물은 '이것을 계기로 교류를 넓혀가려던 계획에 차질이 생길까 우려된다'며 '네 번이나 미 국방부에 해명과 보상을 요구했으나 반응이 없다가 이번에 면담이 이뤄지고 진상 규명을 약속하게 돼 다행'이라고 했어 문제는 소리가 아닐까 태초의 떨림을 여전히 머금고 계속해서 진동하는 소리의 뿌리를 찾아가보는 게 필요해 우선은 초록의 고무 괴물에겐 마스카라를 유리에겐 새로운 자세를 권할 거야 나는 유리의 배꼽이 보이는 게 좋아　　　　　　　　　　　　　—「시 5」 전문

이 텍스트는 본래의 전후 관계로부터 단절된, 그래서 그 구체적인 의미를 상실한 말들로 이루어져 있다. 그 속에서 시인인 초록의 고무 괴물이 가지는 예술적 문제의식과 상투적인 정치적 담론과 성적 담론이 마구 뒤섞인다. 문제와 답이 서로 아귀가 맞지 않고, 문장과 문장 사이에, 심지어 하나의 문장 내부에도 깊은 단층과 비약이 있다. "문제는 소리가 아닐까 태초의 떨림을 여전히 머금고 계속해서 진동하는 소리의 뿌리를 찾아가보는 게 필요해"라는 구절은

성기완이 테크노에 관한 글에서 개진한 "떨림의 음악론"을 배경으로 하고 있다.[2] 그것은 음악과 테크노의 본질에 관하여 고찰하는 산문의 흐름 속에서는 구체적인 의미를 지니지만, 이 시에서는 상투적인 정치 외교상의 표현이나 "마스카라" "새로운 자세"와 같은 말들에 둘러싸여서 그 의미가 흐려진다. 말들은 흐름을 형성하지 않으며 본래 컨텍스트로부터 고립된 채 불쑥불쑥 튀어나온다. 각각 남북관계와 한미관계의 맥락에서 떨어져 나왔을 것으로 추정되는 정치적 진술들 역시 이 점에서 마찬가지다. 고립과 단절, 불연속성은 성기완 시에 특징적인 수사법이며, 시행 구별이 없는 그의 텍스트를 단순한 산문이 아닌, 시적인 것으로 느끼게 만드는 중요한 장치다. 만일 "태초의 떨림"이 속해 있던 본래의 맥락이 제시되었다면 그 말의 의미는 좀더 분명해졌겠지만, 그 대신 텍스트는 설명적이고 산문적으로 느껴졌을 것이다.

그러나 성기완의 텍스트에서는 이와 반대되는 경향도 나타난다. 그것은 시일뿐만 아니라 이야기이기도 하다. 그렇기 때문에 시편들이 일반적인 시집의 경우보다 훨씬 더 긴밀한 상호 관련을 맺고 있다. 제한된 소수 인물의 반복적 등장이 텍스트의 연속성을 보장하며, 인물들의 행동과 그들에게 일어난 사건의 논리적 관계가 텍스트의 순서를 결정짓고 있다. 텍스트의 상당 부분이 인물들의 말과 행동, 그들에게 일어난 일을 보고하는 데 할애되어 있어서, 『유리 이야기』 전체를 읽으면 초록의 고무 괴물, 유리, 나

---

2) 성기완, 『장밋빛 도살장 풍경』, 문학동네, 2002, pp. 65~69 참조.

의 만남——삼각관계와 질투——임신——아이를 죽임——유리의 살해. 이와 같은 "치정살인극"(「시 1」)의 대강의 줄거리가 머릿속에 떠오른다.

성기완은 우리가 앞에서 인용한 것과 같은(「시 5」) 단편적인 텍스트들을 모아서 연속적인 이야기의 흐름을 만들어낸다. 여기서 하나의 역설이 성립한다. 성기완은 극단적으로 시적인, 다시 말해 극단적으로 비(非)이야기적인 텍스트를 가지고 우리에게 무언가를 이야기한다. 『유리 이야기』의 기본 구조는 시와 이야기, 불연속성과 연속성 사이의 긴장과 갈등을 특징으로 한다. 시와 이야기의 이율배반적 결합. 그렇다면 성기완은 왜 이야기에 역행하는 텍스트들을 가지고 이야기를 구축하려 한 것일까? 나의 글은 이 물음에 대한 대답을 찾기 위한 시도다.

## II. 이야기와 잡음

### 1. 연속성과 불연속성: 개념 정립을 위한 시론

위에서 제기된 문제에 접근하기 위해서는 우선 연속성의 개념에 대한 좀더 정확한 이해가 필요할 것이다. 이 개념은 통사론적 차원과 의미론적 차원에서 정의해볼 수 있다. 통사론적 차원에서 연속성은 텍스트 속에 단어와 단어, 문장과 문장, 단락과 단락, 장과 장이 일정한 순서에 따라 연쇄적으로 배치되고 중간 중간에 이들 사이의 관계를 좀더 구체화하는 접속사 등의 어휘나 표현이 삽입됨으로써 성립한다. 이것은 텍스트의 외형적이고 문법적인 측면에서 정의된 연속성이다. 의미론적 차원에서의 연속성은 이야기 텍스트를 쓰는 저자가 머릿속에 염두에 두고 있는 사건의 연쇄 구조, 혹은 독자가 이야기 텍스트를 읽고 그 의미를 이해해가면서 구성하는 사건들의 연쇄 구조와 관련된다.

통사론적 연속성과 의미론적 연속성이 어떻게 구별되는 지 다음 예를 통해 알아보자.

왕비가 죽었다. 왕은 슬픔에 잠겼다.

여기서는 두 가지 상이한 사실에 관한 진술이 연속적으로 제시되어 있을 뿐, 양자 사이의 관계에 대한 더 이상의 구체적인 언급은 없다. 하지만 왕비와 왕, 죽음과 슬픔의 관련이 너무나 뚜렷해서 사람들은 이 글을 읽는 순간 당장 왕이 자기 아내가 죽었기 때문에 슬퍼했다고 생각할 것이다. 이 해석의 배후에는 '가까운 사람의 죽음에 대한 애도'라는 시나리오가 작용하고 있다. 독자는 이러한 일반적 도식을 동원하여 두 문장을 의미론적으로 연결된 하나의 텍스트로 전환시킨다. 설사 문장의 순서를 정반대로 바꾼다고 해도 (형식 차원의 변화) 독자는 같은 해석에 도달할 것이다.

왕은 슬픔에 잠겼다. 왕비가 죽었다.

의미론적 연속성(왕비가 죽었고 그 때문에 왕이 슬픔에 잠겼다)은 통사론적 차원의 변화에도 불구하고 동일한 상태로 남아 있다. 문장의 순서가 바뀌었다고 해서 왕이 슬픔에 잠겼기 때문에 왕비가 죽었다고 거꾸로 해석하는 사람은 없을 것이다.

이상의 관찰은 독자가 텍스트를 구성하는 요소들에 대한 이해를 바탕으로 텍스트 전체의 의미를 능동적으로 재구조화한다는 것을 시사한다. 그리고 여기에는 '가까운 사람의 죽음에 대한 애도'와 같이 독자가 텍스트를 접하기 전에 가지고 있는 일반적 관념과 지식(언어와 논리, 그리고 세계에 대한 지식)이 결정적 역할을 한다.

텍스트의 저자는 독자가 재구성하는 내용의 구조를 텍스트 자체에 반영하여 두 문장 사이의 관계를 명시할 수 있다.

> 왕비가 죽었다. 왕은 아내의 죽음 때문에 슬픔에 잠겼다.
> 또는
> 왕은 슬픔에 잠겼다. 아내가 죽었기 때문이다.

여기서 "때문"이라는 의존 명사는 두 문장을 이어주는 통사론적 차원의 연결 고리로서, 독자가 머릿속에서 재구성하는 의미론적 연속성을 정당화한다. 의미론적 연속성은 통사론적 연속성에 의해 강화되며, 이런 강화 작용을 통해 독자는 텍스트를 더욱 쉽게 이해할 수 있다. 통사론적 연속성과 의미론적 연속성 사이의 관계는 위의 예문을 추상화해보면 더욱 분명히 드러난다.

> A 그러므로 B

'그러므로'는 텍스트가 명시적으로 표현한 A와 B의 연결 관계로서 통사론적 연속성에 해당된다. 그런데 독자는 '그러므로'라는 말이 없는 상태에서도 A가 B의 원인이라는 것을 알고 있다. A와 B의 구체적 내용이 그러한 연결을 암시하고 있기 때문이다. 이것이 의미론적 연속성이다. 의미론적 연속성은 '그러므로'라는 접속사에 의해 구성되는 통사론적 연속성과 일치한다. 양자의 일치가 텍스트를 해독 가능한 것으로 만든다. 만일 통사론적 연속성이 의미론적 연속성과 어긋난다면, 텍스트의 의미는 불안정해지고 이해하기 어렵게 될 것이다. 이를테면 어떤 사람이 "왕이 슬픔에 잠겼다, 그 때문에 왕비가 죽었다"고 말한다면, 그 말은 듣는 사람을 어리둥절하게 만들 것이다. 그것을 이해하려면 뭔가 설명이 더 필요한 것처럼 느껴진다. 죽음과 슬픔은 각각의 단어 자체가 지니는 의미론적 내용 때문에 텍스트의 통사론적 차원에서 어떤 식으로 관계 설정이 이루어지든 상관없이 원인과 결과의 자리를 찾아가려는 경향을 보인다. 통사론적 차원에서 의미론적 차원의 경향에 거스르는 관계 설정이 이루어지면, 텍스트는 이해하기 어려운 수수께끼 같은 성격을 띠게 된다.

결국 통사론적 연속성은 텍스트 자체에 의해 설정되는 연결 관계다. 반면 의미론적 연속성은 독자가 텍스트에 의해 제공되는 내용을 받아들일 때 언어와 세계에 대한 자기 자신의 지식을 동원하여 재구성하는 연결 관계를 가리킨다. 이런 의미에서 통사론적 연속성과 의미론적 연속성이 일치해야 한다는 텍스트의 규범은, 독자가 이미 일반적으로 알고 있는 언어적, 논리적, 실제적 관계에 대한 지식, 즉 텍스트 외적 지식이 텍스트 자체에 의해 재확인되어야 한다는 말로 바꾸어 쓸 수 있다. 재확인은 독자가 텍스트를 이해하고 의미 있게 받아들이기 위한 가장 기본적인 조건이다. 독자는 스스로 세계에 대한 지식을 기반으로 구성한 의미론적 연속성이 텍스트가 구성하는 통사론적 연속성에 의해 재확인될 때 텍스트를 무리 없이 읽어갈 수 있다. 이야기의 연속성은 엄밀하게 말해서 통사론적 연속성과 의미론적 연속성의 일치와 조화를 의미하는 것이라고 할 수 있다. 이를테면 하룻밤 사이에 뚝딱 읽어낼 수 있는 통속적 장편소설 같은 텍스트들이 그러한 연속성을 지닌 이야기일 것이다.

이상의 고찰을 바탕으로 성기완 텍스트의 특징을 한 마디로 규정한다면 '재확인의 거부'라고 할 수 있을 것이다. 성기완은 독자가 가지고 있는 텍스트 외적 관념과 지식을 재확인하고 재생산하는, 혹은 그러한 관념과 지식에 기생하는 텍스트를 거부하는 것이다. 그가 추구하는 것은 스스로 정립하고 창조하는 텍스트다. 텍스트는 텍스트 외부와의 일치 속에서 의미를 얻지 않는다. 시인 자신의 말에 의하면(「시인의 말」), 『유리 이야기』는 사실의 이야기가 아니라 마음의 이야기다. 이 말은 다음과 같이 고쳐 쓸 수 있다. 『유리 이야기』는 재확인할 수 있는 이야기가 아니라, 재확인이 불가능한 이야기다.

## 2. 『유리 이야기』: 이야기의 구성과 의미론적 연속성

독자는 『유리 이야기』 전체에 걸쳐 산만하게 흩어져 있는 정보들을 수합하여 일정한 연속성을 지닌 이야기를 재구성할 수 있다. 아니, 독자가 굳이 의식적으로 재구성하려는 노력을 들이지 않더라도, 독서가 진행되는 과정에서 이러한 정보들은 서로가 서로를 부르며 자연스럽게 이야기 꼴을 갖추어간다. 그것은 정보들 사이에 의미론적 연속성이 성립하기 때문이다. 그 이야기가 어떤 것인지 간단하게 살펴보자.

- 초록의 고무 괴물이 단골 사창가에서 유리라는 아이를 만남(「시 6」)
- 초록의 고무 괴물이 '나'와 함께 유리의 방을 찾아감. 초록의 고무 괴물, '나', 유리, 이 세 사람의 동거와 삼각관계의 시작(「시 7」)
- 유리가 초록의 고무 괴물의(또는 '나'의?) 아이를 임신함. 심한 입덧(「시 16」)
- 갈등 속에서 유리의 심리상태가 날로 심각해짐(「시 25」)
- 유리가 사라짐(「시 33」)
- 유리가 돌아와 아이를 죽였다고 말함. 초록의 고무 괴물과의 심각한 다툼(「시 35」)
- 유리가 집을 나가버림(「시 37」)
- 유리의 변사체가 발견되고, 초록의 고무 괴물이 자수함(「시 41」)

이상이 '치정살인극'의 줄거리를 구성하는 주요 정보들이다. 괄호 속의 출처 표시에서 드러나듯이 이들 정보는 책 속에서 띄엄띄엄 제시되고 있다. 산발적으로 흩어져 있는 정보들이 모여서 인과적으로 연결된, 통일성 있는 이야기가 만들어진다. 위에 제시된 진술들은 지극히 단편적인 정보를 담고 있을 뿐이지만, 우리는 그것만으로도 사건의 전말을 이해하게 되었다는 느낌을 받는다. 우리가 세계에 대하여 가지고 있는 다양한 관념과 지식들이 진술들 사이에 놓인 빈자리를 채워주며 이들을 의미 있는 방식으로 연결해주기 때문이다.

## 3. 잡음과 불연속성

이제 생각해보아야 할 문제는 이렇게 단편적인 정보들로부터 재구성된 치정살인극의 줄거리가 텍스트를 통해서 재확인되고 보완될 수 있느냐 하는 것이다. 위에 인용된 시들(6, 7, 16, 25, 33, 35, 37, 41) 사이에 놓인 나머지 시들은 줄거리의 빈 자리를 메워주는 다리 역할을 하고 있는가? 그리하여 위의 진술들에 의거할 때 일어났으리라고 짐작되는 사건의 세부를 밝혀주는가? 결론부터 말하자면, 그렇지 않다. 성기완의 텍스트는 독자가 머릿속에 떠올리는 이야기를 확인해주고 그 이음새를 더욱 매끄럽게 해주기보다는, 오히려 이야기를 방해하고 혼란스럽게 만들며 단절시키는 일종의 잡음으로 작용한다. 그래서 좀더 자세히 텍스트 속을 들여다보면, 치정살인극은 해체된다. 의미론적 연속성을 이루는 정보들은 서로 떨어져 있고, 반대로 의미론적 연속성을 이룰 수 없는 이질적 정보들은 통사론적으로 연결되어 있다. 의미론적 연속성과 통사론적 연속성이 일치하지 않는다. 텍스트 속의 일부 정보들은 의미론적 관련성 때문에 한데 모여들어 연속성을 형성하려 하지만, 텍스트는 여러 가지 방식으로 그러한 움직임을 방해한다. 그러면 다음에서 이야기의 흐름을 방해하는 잡음의 다양한 양상을 살펴보기로 하자.

### 3-1. 글쓰기의 개입: 이야기와 메타 이야기

치정살인극을 감상하는 데 방해가 되는 가장 큰 잡음은 글쓰기 과정에 대한 이야기다. 『유리 이야기』에서는 치정살인극을 쓰는 과정에 대한 이야기가 치정살인극과 "별도의 계열을 이루며" 진행되고 있다.[3] 그것은 "초록의 고무 괴물이 시나리오를 가져왔어"(「시 1」)로 시작되어 " '어때, 엔딩이?' 글쎄, 너무 흔한 엔딩이 아닌가, 근데 뭐 이 정도면 되지 않을까 싶기도 하구,"(「시 45」) 하는 대화에서 마무리된다. 글쓰기의 의미를 영화 촬영으로까지 확대시킨다면, 글쓰기 과정의 진정한 완결은 맨 마지막 시(「시 48」)에서 이루어진다고 할 수 있다.

'컷!' 마지막 신이 끝났어

그리고 중간 중간에 글쓰기의 계열에 넣을 수 있는 대목들이 산발적으로 나타난다. 몇 가지 예를 들어보면 다음과 같다.

초록의 고무 괴물은 〔……〕 '유리가 죽었다'고 써야 할 것 같

---

3) "별도의 계열을 이루며"라는 말에 따옴표를 친 것은 그것이 정확한 표현이 아니기 때문이다. 이 점에 대해서는 나중에 다시 언급하기로 한다.

다고 했어 그러나 나는 '결론짓기는 너무 이르다'고 말했어 초
록의 고무 괴물이 망설였어                              ──「시 22」 부분


　나는 〔……〕 초록의 고무 괴물이 어떻게 펜을 놀릴지 궁금해
하고 있어                              ──「시 23」 부분


　초록의 고무 괴물이 집필을 하다가 깜박 잠든 사이, 난 우연
히 그의 컴퓨터 키보드를 건드리게 되었어   ──「시 39」 부분


　위에 인용된 구절들은 초록의 고무 괴물이 글쓰기를 통해
치정살인극의 전개를 결정해가는 과정을 보여준다. 한 가지
더 확인할 수 있는 것은 이 과정 속에 초록의 고무 괴물뿐만
아니라 '나' 역시 어느 정도 개입되어 있다는 사실이다.
　이처럼 『유리 이야기』 속에는 이야기와 그 이야기를 지
어내는 과정에 대한 이야기, 즉 메타 이야기가 공존하고
있다. 메타 이야기는 이야기를 방해하는 잡음이다. 왜냐하
면 메타 이야기의 인과관계는 이야기의 인과관계를 부정하
면서 그 허구적 성격을 폭로하기 때문이다. 예컨대 유리의
죽음이 이야기의 차원에서 볼 때 치정에서 비롯된 것이라
면, 메타 이야기의 차원에서는 그저 이 이야기의 작가가
그렇게 썼기 때문일 따름이다. 이야기의 의미의 근간을 이
루는 사건과 사건의 인과적 연쇄가 메타 이야기에서는 작
가의 자의, 우연한 기분의 변화, 혹은 실수의 산물에 지나
지 않는 것으로 나타난다.
　초록의 고무 괴물이 유리에게 해준 기이한 이야기는 이
점을 잘 보여준다.

초록의 고무 괴물에 따르면 "한 사람이 있었다 그를 '보라'고 써야 하는데 '쏘라'고 잘못 썼다 그래서 그를 쏘고 말았고 그는 죽었다"는 것이고 그 일화에 대해 유리는 '당신은 작가인가' 하고 물었어
　　　　　　　　　　　　　　　　　　　　—「시 14」 부분

　메타 이야기는 이야기를 무너뜨린다. 역으로, 이야기를 진지하게 듣고자 하는 독자는 메타 이야기에 대한 기억을 억압한다. 따라서 하나의 텍스트 속에 이야기와 메타 이야기가 섞여 있을 경우, 독자는 자연스럽게 두 계열을 분리하여 받아들이려는 경향을 보인다. 통합될 수 없는 이질적이고 모순적인 내용들을 따로 떼어놓음으로써, 텍스트의 의미론적 연속성이 훼손되는 것을 방지하려는 것이다. 독자는 또한 텍스트의 저자에게서 이러한 분리를 정당화하고 재확인해주는 통사론적 정보의 제공을 기대한다. 이를테면 여기까지가 이야기에 해당되는 부분이고 지금부터 메타 이야기가 시작된다는 것을 알리는 진술이나 그밖에 다양한 텍스트상의 표지들(부호의 삽입이나 글자체의 변경)이 제시되기를 기대하는 것이다.
　그러나 성기완은 이야기와 메타 이야기를 분리하는 어떤 가시적인 경계선도 긋지 않는다. 그는 오히려 두 차원의 이야기 사이의 혼동을 조장하고 심지어 양자를 도저히 따로 떼어놓을 수 없을 정도로 융합한다. 분리의 어려움은 무엇보다도 이야기의 등장인물들이 메타 이야기에도 등장한다는 데서 발생한다. 초록의 고무 괴물은 '나'에게 자기가 쓴 시나리오를 다음과 같이 소개한다.

나와 자기 그리고 유리가 등장한다고 했어 액션물은 아니지
만 치정살인극이래　　　　　　　　　——「시 1」부분

　　이 인용문은 초록의 고무 괴물, '나,' 유리가 한 편으로
는 치정살인극의 시나리오가 씌어지고 영화가 만들어지는
상황 속의 인물, 즉 메타 이야기 속의 인물이면서 다른 한
편으로는 그 영화 속의 등장인물이기도 하다는 사실을 말
해준다. 이름의 동일성은 해석상의 난관을 야기한다. 예컨
대 독자는 초록의 고무 괴물이 등장할 때, 그가 시나리오
를 쓰는 작가로서 등장한 것인지, 아니면 그 시나리오 속
의 주인공으로서 등장한 것인지 생각해보아야 한다. 그런
데 텍스트는 그러한 판단을 위한 친절한 안내자 노릇을 하
지 않고 있다.
　　「시 39」는 인물이 존재하는 두 차원을 아무런 구별의 표
지 없이 연속적으로 배열함으로써 생겨나는 혼란을 보여주
는 좋은 사례다.

　　초록의 고무 괴물이 집필을 하다가 깜박 잠든 사이, 난 우연
히 그의 컴퓨터 키보드를 건드리게 되었어 유리를 보았어, 라고
써 있었는데 기분이 우울해서 ←를 세 번 누르고 쏘았어, 라고
고쳐 썼어 우발적인 일이 벌어진 거야 지우개가 옆에 있었지만
그걸 들기가 싫었고 나는 뜨거워졌어 유리가 이상한 눈초리로
나를 쳐다보고 있었고 유리에게 나는 잼 토스트와 커피를 시켜
주면서 먹으라고 했어　　　　　　　——「시 39」부분

이 시를 전후로 한 다른 시편들은 갓난아이를 죽이고 초록의 고무 괴물과 다툰 뒤 사라져버린 유리에 대해 이야기하고 있다. '유리의 실종'이라는 내용에 있어서 「시 37」 「시 38」 「시 40」의 시들은 의미론적 연속성을 이룬다. 그런데 「시 39」에서 돌연 유리가 나타난다. 유리는 태연히 '나' 옆에 앉아 있고 '나'는 유리에게 잼과 토스트와 커피를 시켜준다. 그러면 사라진 유리를 다시 찾은 것일까? 하지만 이러한 생각은 바로 다음에 오는 「시 40」에서 부정된다. 「시 40」에서 초록의 고무 괴물은 여전히 유리가 돌아오기를 기다리고 있다. 그러면 중간에 불쑥 끼어든 유리를 어떻게 해석해야 할까? 모순은 일단 「시 39」의 유리가 다른 시들의 사라진 유리처럼 이야기 속의 인물이 아니라 메타 이야기 차원에 존재하는 인물이라고 해석함으로써 해결된다. 유리는 영화 속에서는 실종되었지만, 영화 바깥에서는 여전히 초록의 고무 괴물, '나'와 함께 어울리고 있는 것이다. 이 해석은 「시 39」의 문맥이 글쓰기의 상황("집필을 하다 깜박 잠이 든 사이")이라는 사실에 의해 정당화된다. 「시 39」는 「시 37」에서 「시 40」으로 이어지는 이야기의 흐름을 끊어놓는 잡음이다. 그러나 독자는 그 잡음이 이야기 외부에서 온 것임을 확인하고 잡음을 무시한 채 끊어진 흐름을 다시 이어갈 수 있다. 그런데 이러한 해결책은 궁극적으로 『유리 이야기』에서 이야기와 메타 이야기가 분리될 수 있다는 가정에 의존하고 있다. 시인이 아무리 혼란스럽게 썼다 하더라도, 이 두 차원이 원칙적으로 구별되는 것이라면 우리는 세밀한 의미론적 분석을 통해 영화 속 세계와 영화 바깥 세계 사이에 경계선을 그어볼 수 있을 것이다. 하지만 시인은 독자의 의미론적 재구성의 시도가 원천적으로 파탄날 수밖에 없도록 두 세계를 동일한 평면 위에 뒤섞어놓는다. 예컨대 영화를 만드는 상황에 있는 유리와 영화 속의 주인공으로서의 유리는 하나의 세계에 속해 있다. 앞에서 글쓰기 계열(메타 이야기)의 텍스트로 제시된 「시 22」를 상기해보자. 여기서 초록의 고무 괴물은 유리를 보면서 '유리가 죽었다'고 써야 할 것 같다고 말한다. 이때 유리가 화장실에 들어가며 문을 쾅 닫는다. '나'는 유리가 아직 죽지 않는다고 생각한다. 그러는 동안 유리는 화장실에서 토하고 있다. 왜 토하는가? 유리는 임신 중이고, 입덧을 하고 있는 것이다. 임신을 하고, 결국 갓난아이를 죽이고, 사라졌다가 변사체로 발견된 바로 그 유리다. 영화 속의 유리. 하지만 그 옆에 있는 초록의 고무 괴물과 '나'는 영화를 찍고(그들은 방금 「클럽편」을 다 찍었다) 앞으로 영화의 줄거리가 어떻게 전개될지 고민하고 있다. 그들은 영화 바깥 세계, 메타 이야기 속의 인물인 것이다. 메타 이야기 속의 인물들이 이야기 속의 인물과 한 집 안에 산다.

위에 인용된 「시 39」를 끝까지 읽어보면 이야기와 메타 이야기의 착종이 훨씬 더 노골적인 형태로 드러난다. '나'는 우발적으로 "유리를 보았어"를 "유리를 쏘았어"라고 고쳐 썼고, 이 때문에 유리의 살인자가 된다.


　　나는, 쏘아, 버렸어, 너무 우발적으로, 하는 수 없이 난 살인자가 되어버렸지만 초록의 고무 괴물은 여전히 모르고 있어
　　　　　　　　　　　　　　　　　　　　　　──「시 39」 부분

글쓰기는 사건을 불러일으킨다. 초록의 고무 괴물이 들려준 기이한 일화(「시 14」)가 현실이 되었다. '나'는 '유리를 쏘았다'고 썼기 때문에 살인자가 된다. 유리를 쏘았다고 쓴 '나'는 메타 이야기의 인물이고, 살인자가 된 '나'는 이야기의 인물이다. 하지만 두 인물은 분리되지 않는다. 이야기의 세계가 메타 이야기의 세계에 이어져 있기 때문이다. '나'는 왜 유리를 죽였을까? 유리가 초록의 고무 괴물의 아이를 임신한 것에 대한 질투 때문일까? 또는 '나'가 우발적으로 유리를 쏘았다고 썼기 때문일까? 이야기와 메타 이야기가 한데 얽혀 있는 이 텍스트에서는 앞의 질문이 뒤의 질문에 의해 부정되지 않는다. 오히려 이렇게 말해야 할 것이다. '나'는 질투 때문에 '유리를 쏘았다'고 썼고, 그래서 살인자가 되었다.

「시 40」에서 '나'는 초록의 고무 괴물에게 유리가 사라져버린 데 대한 책임을 추궁하고 있다. 메타 이야기의 차원은 이 대목에도 개입하여 다음과 같이 부조리해 보이는 대화를 낳는다.

> 난 니가 초록의 고무 괴물의 아이를 죽였다. 고 씌어 있는 걸 몰랐어 실은 초록의 고무 괴물 때문이야 〔……〕 '왜 그렇게 썼지?' 말해봐 초록의 고무 괴물. 입가의 주름들 때문에 넌 늘 웃는 얼굴이야 '그 얼굴로 그렇게 쓴 거야?' 어서 말해
> ──「시 40」부분(강조는 인용자)

'나'의 비난이 전제하고 있는 논리를 재구성해보면 다음과 같다. 초록의 고무 괴물이, 유리가 초록의 고무 괴물의

아이를 죽였다고 썼다. 그래서 유리는 아이를 죽이고 사라 져버렸다. 유리가 없어진 것은 초록의 고무 괴물 탓이다. 이러한 논리에는 의미론적 연속성이 없다. 독자가 가지고 있는 세계에 대한 지식은 그러한 연결을 허용하지 않기 때문이다. 이 대목에서 의미론적 연속성이 성립하기 위해서는 '쓰다'라는 동사를 빼내고 그것을 일반적인 행위를 나타내는 동사로 대체해야 할 것이다. 이를테면 다음과 같이.

난 니가 초록의 고무 괴물의 아이를 죽인 걸 몰랐어 실은 초록의 고무 괴물 때문이야 [……] 왜 그런 짓을 했지? 말해봐 초록의 고무 괴물, 그 얼굴로 그런 짓을 한 거야? 어서 말해

의미론적 연속성을 저해하는 글쓰기의 차원, 즉 메타 이야기의 차원을 소거하면 텍스트는 훨씬 더 이해하기 쉬워지고 그 의미도 분명해진다. 그러나 그 대가로 원(原)텍스트의 내용은 변형되고 왜곡된다. 원음을 훼손하지 않고 잡음만 교묘하게 도려낼 수 있는 방법은 없다.

## 3-2. 글쓰기 주체의 이중성과 텍스트의 모순

지금까지의 논의에서도 어느 정도 드러났듯이 유리 이야기는 초록의 고무 괴물 혼자서 쓰는 것이 아니다. '나' 역시 집필 과정에 참여하고 있다. 두 명의 글쓰기 주체는 협력보다는 경쟁 관계에 있는 것처럼 보인다. '나'는 유리의 운명을 놓고 초록의 고무 괴물과 이견을 보이고(「시 22」), 초록의 고무 괴물이 잠들어 있는 사이 몰래 글의 내용을 바꾸기도 한다(「시 39」). 「시 1」에는 초록의 고무 괴

물과 '나'의 관계에 대한 중요한 언급이 제시되어 있다.

하긴 유리의 첫 남자는 틀림없이 그였어 비 오는 거리 위로
자막이 지나가 초록의 고무 괴물은 시인이야 나는 질투를 느껴
——「시 1」 부분

치정살인극의 구도에서 '나'는 초록의 고무 괴물과 유리
를 둘러싸고 경쟁한다. 그는 초록의 고무 괴물이 유리의
연인이기 때문에 그를 질투한다. 이것은 이야기 차원에서
의 해석이다. 그러나 질투는 글쓰기, 즉 메타 이야기의 층
위에도 관련된다. 이러한 맥락에서 위의 구절은 '나'가 초
록의 고무 괴물이 시인이라는 사실에 질투를 느낀 것이라
고 해석할 수도 있다. '나'는 연인으로서, 또한 글쓰기의
주체로서, 초록의 고무 괴물을 질투한다.

질투하는 자는 라이벌에 대해 양가적인 감정을 가진다.
그는 라이벌을 선망하는 동시에 증오하며, 그를 흉내 내고
그에게 동화되고자 하면서도 그와 자신을 구별 짓고 그를
넘어서고 싶어한다. 질투하는 자는 라이벌의 그림자 같은
존재이지만, 자기가 그러한 존재라는 것을 부정하려 한다.
초록의 고무 괴물에 대한 '나'의 태도 역시 이러한 맥락에
서 이해할 수 있을 것이다. '나'는 여러 차례에 걸쳐 초록
의 고무 괴물과 유리의 관계가 일차적이라는 점을 인정하
고 있다. 그는 유리에 관한 한 2인자에 지나지 않는다. 사
랑과 그에 따른 감정적 갈등과 반목은 언제나 초록의 고무
괴물과 유리 사이에서 일어나며 '나'는 두 연인의 싸움을
곁에서 지켜볼 따름이다(「시 23」). '나'는 초록의 고무 괴

물을 좋아하고("따뜻한 게 좋다는 듯한 그 무표정이 맘에 들어," 「시 7」), 심지어 그를 존경하는 것처럼 보인다("맞아, 초록의 고무 괴물은 현명해," 「시 23」). 초록의 고무 괴물은 늘 생각할 거리를 던지고 뭔가 가르침을 주는 존재이며, 때로 '나'에게 명령을 하기도 한다(「시 7」,「시 14」). 하지만 초록의 고무 괴물과 유리 사이의 관계가 악화되고, 유리가 초록의 고무 괴물의 아이를 죽인 뒤 집을 나가버리자, '나'의 질투심은 표면으로 드러나면서 초록의 고무 괴물에 대한 강한 적대감으로 발전한다.

나도 초록의 고무 괴물만큼 유리를 사랑해 그런데 왜 이렇게까지 되었을까 왜 유리의 일기장에는 내 아이에 관한 기록이 없지 그 아이가 내 아이였다면 나는 유리의 일기장에서 살의 자체를 지워버리고 초록의 고무 괴물을 쓰레기통 속에 처박은 다음 유리와 떠날 텐데 　　　　　　　—「시 35」 부분

변태새끼 왜 그렇게 써놓고 나와 오랄을 하제
　　　　　　　　　　　　　　　　　—「시 40」 부분

초록의 고무 괴물과 유리 그들 모두 쏴버릴 거야
　　　　　　　　　　　　　　　　　—「시 43」 부분

초록의 고무 괴물과 '나'의 복잡한 관계는 글쓰기의 차원에서 재현된다. 둘은 『유리 이야기』라는 텍스트를 놓고 경쟁한다. 초록의 고무 괴물은 자신의 시나리오에 대하여 다음과 같이 설명한다. "나와 자기 그리고 유리가 등장한

다고 했어 액션물은 아니지만 치정살인극이래〔……〕"(「시 1」) 이에 대응되는 '나'의 말: "나는 말했어 '당신이 시나리오를 가져오는 것으로 시작하는 시를 쓰겠어'"(「시 2」) '나'는 이렇게 말함으로써 초록의 고무 괴물을 한 발 앞서 가려고 한다. 초록의 고무 괴물은 '나'를 시나리오 속의 등장인물로 만들지만, '나'는 그런 초록의 고무 괴물을 자기 시 속의 인물로 만들어버린다. 이에 따르면 결국 최종적인 글쓰기의 주체는 '나'가 된다. 『유리 이야기』는 '나'의 텍스트다. 그럼에도 불구하고 '나'는 텍스트의 주체로서 완전한 자유를 누리지 못한다. 그는 자기 시 속의 인물인 초록의 고무 괴물을 마음대로 다루지 못하고 오히려 그가 "어떻게 펜을 놀릴지" 눈치를 보고 있다(「시 23」). '나'는 이렇게 말한다. "그는 나의 아들이었어 그러나 이야기는 다시 그를 내 아버지로 만들었어"(「시 9-1」). 초록의 고무 괴물이 깜빡 잠이 든 사이 그의 텍스트를 '나'가 살짝 고치는 장면(「시 39」)은 초록의 고무 괴물에 대한 '나'의 심리적 예속 상태와 그로부터 벗어나고자 하는 욕구를 잘 보여준다. 그는 초록의 고무 괴물의 텍스트를 훔쳐보고 있으며, 그것을 부분적으로 다른 말로 고침으로써 텍스트를 훔치려 한다. 이것은 질투하는 자의 전형적인 증상이다. 하지만 그럼으로써 초록의 고무 괴물의 굴레에서 벗어나려는 시도는 실패로 돌아가는데, 왜냐하면 "보라"를 "쏘라"로 고치는 것은 초록의 고무 괴물이 이야기해준 일화를 그대로 따라서 한 행동이기 때문이다.

초록의 고무 괴물과 자신을 동일시하면서도 동시에 그를 부정하고 질투하는 '나'의 존재는 치정살인극의 줄거리를 호트러뜨리는 잡음으로 작용한다. 이 사실을 잘 보여주는 것은 '나'에 의한 텍스트의 수정이 빚어낸 혼선이다. '나'는 초록의 고무 괴물이 "유리를 보았어"라고 쓴 부분을 "유리를 쏘았어"라고 고친다. 초록의 고무 괴물이 "유리를 보았어"라고 썼다면 그것은 자기 자신이 보았다는 얘기일 것이다. 따라서 텍스트의 수정은 초록의 고무 괴물을 살인자로 만드는 결과를 가져온다. 다시 말해서 수정의 효과는 초록의 고무 괴물을 부정하고자 하는 '나'의 욕구를 충족시켜준다. 그런데 여기서 이상한 점이 발견된다. 정작 살인자가 된 것은 '나'였다. "나는, 쏘아, 버렸어, 너무 우발적으로, 하는 수 없이 난 살인자가 되어버렸지만." 어떻게 된 일일까? 이것은 초록의 고무 괴물에 동화되고자 하는 '나'의 욕구와 관련지어 설명할 수 있을 것이다. '나'는 초록의 고무 괴물의 텍스트를 훔치고, 텍스트의 주체 자리에 초록의 고무 괴물 대신 자기 자신을 앉히려고 한다. '나'가 텍스트의 주체가 되는 순간 "유리를 보았어/쏘았어"라는 문장의 주어도 초록의 고무 괴물에서 '나'로 바뀐다. 살인자는 '나'다.

'나'가 초록의 고무 괴물에 대해 가지고 있는 양가적 감정은 누가 유리의 살인범이냐에 대한 두 가지 대답으로 나타난다. 「시 39」는 '나'를 살인범으로 지목하지만, 「시 41」에서 '나'는 초록의 고무 괴물이 자수했다고 씀으로써 앞의 주장을 반복한다. 살인범은 초록의 고무 괴물이다.

초록의 고무 괴물이 자수했어, 라고 나는 썼어

텍스트는 이렇게 살인극에 핵심적인 질문, 누가 유리를

살해했는가 하는 질문에 대해 두 가지 상반된 대답을 동시에 제시함으로써 해결되지 않는 모순을 남겨놓는다. 초록의 고무 괴물이 살인범이 되는 것은 치정살인극에서 초록의 고무 괴물이 차지하는 비중으로 보나, 그와 유리 사이에 전개된 갈등 양상으로 보나 자연스러운 결말이다. 이런 관점에서 본다면 '나'의 살인 행각은 이야기의 전체적 흐름을 방해하는 우발적인 잡음으로 작용한다.

### 3-3. 텍스트의 미세한 단절과 균열

지금까지는 기본적인 줄거리의 이해에 지장을 줄 정도로 귀에 크게 들리는 잡음에 대하여 알아보았다. 이제부터는 이야기의 전체적 전개에 결정적인 영향을 미치지 않는 에피소드의 차원에서 들려오는 잡음에 대하여 살펴보도록 하자. 끊임없이 지지직거리면서 이야기의 청취를 방해하는 미세한 잡음들의 세계.

나는 위에서 「시 5」를 예로, 한 편의 시 내부에서도 얼마나 많은 내용상의 비약과 단절이 나타나는지를 지적하였다. 이러한 경향은 텍스트 전체에 걸쳐서 거듭 확인된다. 단절은 언뜻 보기에 매끄럽게 연결되어 있는 것처럼 보이는 부분에도 숨겨져 있다. 「시 39」를 이러한 관점에서 다시 읽어보자.

초록의 고무 괴물이 집필을 하다가 깜박 잠든 사이, 난 우연히 그의 컴퓨터 키보드를 건드리게 되었어 유리를 보았어, 라고 써있었는데 기분이 우울해서 ←를 세 번 누르고 쏘았어, 라고 고쳐 썼어 우발적인 일이 벌어진 거야 지우개가 옆에 있었지만

그걸 들기가 싫었고 나는 뜨거워졌어 유리가 이상한 눈초리로
나를 쳐다보고 있었고 유리에게 나는 잼 토스트와 커피를 시켜
주면서 먹으라고 했어                  ──「시 39」 부분

  우선 문제되는 것은 컴퓨터와 지우개의 결합이다. '나'
는 "유리를 보았어"를 지울 때 백스페이스키를 사용했다.
그렇다면 "쏘았어"를 지울 때도 같은 방법이면 될 것이다.
그런데 '나'는 지우개가 들기 싫어서 고치지 않았다고 말
한다. 지우개를 가지고 모니터 화면을 지우는 것은 불가능
하다. 글쓰기 상황이 어느 틈에 컴퓨터에서 종이 위의 펜
으로 옮겨간 것이다. 조금 뒤에 가서는 공간적인 연속성
또한 파괴된다. 집필을 하다가 잠든 초록의 고무 괴물. 우
리는 그 공간이 어떤 서재, 혹은 집필을 위한 사무실일 것
이라고 상상하게 된다. 반드시 그렇다고 할 수는 없지만
그것이 글을 쓰다가 잠들 수 있는 전형적 상황인 것만은
분명하다. 그리고 문장의 연속적 배치 때문에 독자는 자연
스럽게 '나'와 유리 역시 그 공간에 있는 것이라고 추측한
다. 그런데 "유리에게 잼 토스트와 커피를 시켜주었다"는
진술은 그들이 어떤 카페 같은 공간에 있음을 암시하며,
앞의 진술이 불러일으킨 공간적 연상을 돌발적으로 깨뜨린
다. 이로써 공간적으로 연결되지 않는 두 개의 상황이 텍
스트에 의해 임의로 합성된 것이라는 사실이 드러난다. 텍
스트의 통사론적 구성은 독자가 상식적으로 가정하는 세계
의 연관 관계에 배치되기 때문에 돌발적이고 불연속적인
것으로 느껴진다.
  이러한 문맥에서 특히 흥미로운 것은 시인이 텍스트 곳

곳에 문맥과 상관없이 되는 대로 끼워 넣은 것 같은 상투적 구절들이다. 이들 구절 가운데 상당 부분은 등장인물들의 대화로 처리되어 있는데, 대화 상황과는 도무지 맞지 않는 엉뚱한 말들로 가득 차 있다. 또한 텍스트의 서술부가 주로 "보았어, 했어" 등의 구어체 어미로 끝나는 반면, 대화부에서는 오히려 문어체 어미가 주로 사용되고 있다는 점이 『유리 이야기』의 두드러진 문체적 특징이다. 그것은 시인이 이러한 구절들을 주로 저널리즘의 공식화된 언어로부터 빌려왔기 때문일 것이다. 그 몇 가지 예를 다음에 제시해본다.

정답이 DMZ가 아닐까 하는 견해가 조심스럽게 여론을 형성해가자 초록의 고무 괴물은 '이것을 계기로 교류를 넓혀가려던 계획에 차질이 생길까 우려된다'며 '네 번이나 미 국방부에 해명과 보상을 요구했으나 반응이 없다가 이번에 면담이 이뤄지고 진상규명을 약속하게 돼 다행'이라고 했어 ——「시 5」 부분

초록의 고무 괴물은 '모니터링을 좀 해봐야 할 때'라고 했어 나는 '오해와 부작용의 소지가 많은 전망을 왜 이 시기에 언론에 공표했느냐'는 의혹을 살지도 모른다고 했어 ——「시 22」 부분

그때 제작자가 왔어 초록의 고무 괴물이 '어렵게 돈을 벌고 나니 용돈을 아껴 쓰는 버릇이 생겼다'고 하자 '당신이 풍파 운운한 것은 좀 당혹스럽다'고 했어 아직도 머리가 아파 "살인 후 태연히 등교" 난 어딜 갔다 왔드라 유리는 ——「시 28」 부분

초록의 고무 괴물이 오랄을 하자고 제안했을 때 나는 "하루

연기"하자고 했어 "만전을 기한다" '당신 후장을 빼는 일이 예
전 같지는 않다'                                ──「시 40」 부분

　　그(초록의 고무 괴물──인용자)를 위해 우리가 할 수 있는
　　일은 무얼까 "마지막으로 가족들과 짧은 작별의 시간을 갖고 인
　　사를 나눴다" 그는 고아였을지도 몰라        ──「시 44」 부분

　시인은 무엇 때문에 신문이나 잡지에서 많이 본 듯한 구
절들을 맥락에도 닿지 않게 여기저기 끼워 넣었을까? 왜
의미론적 연속성을 형성하지 않는 말들을 연속적으로 배치
한 것일까? 아마도 그러한 말들이 어떤 맥락에 놓여도 상
관이 없고 얼마든지 교체 가능하다는 점을 암시하기 위해
서일 것이다. 초록의 고무 괴물이 "이것을 계기로 교류를
넓혀가려던⋯⋯" 운운하는 것은 정말 엉뚱하게 느껴진다.
무슨 말을 하고 있는 것인지 이해할 수가 없다. 그러면 이
말이 '본래'의 맥락에서 '적절히' 사용된다면 어떨까? 그것
이 뉴스에서, 신문보도에서, 정치인의 입에서 나올 때 어떤
구체적인 의미를 담고 있는가? 그것은 어떤 다른 의도를 감
추기 위해 엉뚱하게, 자의적으로 동원되는 공허한 수사에
지나지 않는 게 아닐까? 혹은 사람들은 무슨 뜻인지 생각하
지도 않고 앵무새처럼 그런 말들을 되뇌고 있는 것은 아닌
가? 살인범들은 늘 "태연"하다. 그들은 정말로 그렇게 태연
한 것일까? 그런 말을 하는 사람들은 그저 그렇게 말하는
것이 살인범에 대한 예우라고 생각하는 것일까? 살인범의
보편적 속성으로서의 태연함이 의미하는 바는 무엇일까?
　성기완의 통사론적 전략은 우리가 사용하는 언어가 근

본적으로 맥락이 없고' 자의적이라는 인식에서 비롯된 것이다. 성기완은 사람들이 의미 있다고 생각하는, 다시 말해서 의미론적 연속성을 갖추고 있다고 생각하는 텍스트 속에서 수많은 빈틈과 단절을 본다. 예컨대 훌륭한 인과적 연속성을 갖춘 것처럼 보이는, 사람들이 무심히 읽고 이해하고 넘어가는 「TV 오늘의 하이라이트」에서. 성기완은 「망각에 관하여」라는 에세이에서 신문에 실린 드라마 줄거리를 인용한다.

> 첫회. 꼬마돼지 사무실. 영민에게 한 여자가 찾아와 행패를 부린다. 미향은 영민이 또 사고를 친 줄 알고 기지를 발휘해 영민을 구해준다. 혜원은 일을 하기 위해 차를 몰다가 갑자기 나타난 이강을 살짝 친다. 하지만 은열은 이강에게 이상이 없다는 것을 확인하고는 병원으로 데려가자는 혜원의 말을 무시하고 오히려 정신이 없는 혜원을 진정시킨다.[4]

사람들은 한 편으로는 자신의 지식으로 텍스트의 빈틈을 메워가면서, 다른 한 편으로는 자신의 지식을 텍스트에서 확인받아가면서 「TV 오늘의 하이라이트」를 읽고 이해하며 드라마의 줄거리를 완성한다. 성기완이 『유리 이야기』에서 수행한 작업은 이런 드라마 줄거리의 빈틈들을 확대하여 보여주려는 것이라고 할 수 있다. 사람들의 의식 속에 구성되는 연속성을 재확인해주기보다는 그러한 연속성의 환상을 깨뜨리려는 것이 『유리 이야기』의 근본 의도다.

---

4) 성기완, 『장밋빛 도살장 풍경』, 문학동네, 2002, pp. 29~30.

이상의 고찰은 성기완이 왜 이야기보다 메타 이야기를, 글의 내용보다 글쓰기 주체의 문제를 더 부각시키는가 하는 물음에 대해서도 해답을 제시해준다. 글의 방향은 이야기의 논리나 의미론적 연속성의 요구에 의해 결정되는 것이 아니다. 그것은 글쓰기 주체의 자의적 선택의 결과다. 이 선택은 어떤 객관적 근거에 의해 설명되지 않는다. 아무 이유도 찾을 수 없는 우발적 선택일 뿐이다. 성기완은 위의 에세이에서 어떤 글을 쓴 체험에 관해 다음과 같이 말한다.

> 우발성, 단지 우발성만이 그 지점에서 나를 어느 한 방향의 길로 끌어들인 요인이었다. 바로 그 심연에, 그 흑점에 가장 신비로운 생동감이 있다. 어느 방향인가, 나는 선택했다. 그러나 그 선택은 내가 한 것이 아닐 수도 있고, 내가 한 것이라 해도 아무 이유가 없을 수도 있다. 그 방향으로 그저 그렇게 빨려 들어갔을 뿐이다.

이렇게 완전히 우발적이고 이유 없는 선택이 가능한 글쓰기의 지점, 그 지점에 빈틈이, 성기완의 표현을 빌면 망각의 틈, 심연이 놓여 있다. 주목해야 할 것은 여기서 문제되고 있는 글이 지금까지 우리가 분석해온 불연속적 시가 아니라 어느 정도 논리적 맥락을 갖춘 산문이라는 사실이다. 그러한 글 속에서 성기완은 언어의 연쇄를 파괴하는 빈틈, 도저히 메울 수 없는 심연과 같은 간극을 발견한 것이다. 산문 혹은 이야기는 의식되지 않은 시다. 성기완의 시는 이야기가 의식되지 않은 시라는 것을 의식하게 하려는 시도다.

## III. 연속성과 불연속성의 변증법

지금까지의 고찰을 통해 이 글의 서두 부분에서 언급됐던 시와 이야기의 이율배반적 결합이라는 문제, 즉 '왜 성기완은 이야기에 역행하는 텍스트를 가지고 이야기를 구축하는가' 하는 문제는 거의 해결된 셈이다. 글을 마무리하면서 이 문제에 대하여 조금 더 부연 설명을 하기로 한다.

시인은 「시 42 자술서」에서 어윈 블루멘필드의 사진을 통해 자신의 시적 방법론에 대하여 "자술"하고 있는데, 그 속에서 위의 문제와 관련된 흥미로운 시사점을 발견할 수 있다. 시인은 어윈 블루멘펠드의 「쇠라풍의 다리」를 바라본다. 그는 사진 속에 담겨 있는 전혀 특별할 것이 없는 다리(脚)에서 어떤 명쾌한 느낌도 받지 못하다가, 다리로부터 상상의 나래를 펼쳐보려는 시도를 포기한다. 사진을 좀 더 자세히 들여다본다. 그러자 사진이 사실은 다리도 그 무엇도 아닌 "명암의 덩어리"에 지나지 않는다는 것을 깨닫는다.

자세히 들여다보면 '다리'인 부분과 '다리가 아닌' 부분을 구분해주는 어스름한 선이 밝음과 어두움의 교차를 통해 드러나 있는데, 더 자세히 보면 그 선은 무의미하다. 밝음과 어두움의 대비일 뿐이다. 다리와 다리 아닌 부분이 이어져 있다. 꼬물거리는 벌레 같은 질감의 배경(그걸 배경이라고 불러야 하는지 잘 모르겠지만)은 실제로 다리와 다리 바깥의 구분도 없이 화면 전체에 가득하다. ──「시 42 자술서」 부분

자세히 들여다보는 순간, 블루멘펠드의 다리 사진은 그 형체를 잃고 무의미한 선만이 남는다. 사실 그것은 선이라고 할 수도 없다. 밝은 부분과 어두운 부분의 교차가 어스름한 선으로 보이는 것일 뿐이다. 설사 선이라 하더라도 중간 중간이 끊어져 있는 불연속적인 선에 지나지 않는데, 왜냐하면 다리와 다리 아닌 부분이 완벽하게 분리되어 있지 않기 때문이다("다리와 다리 아닌 부분이 이어져 있다").

　불연속적인 선의 조각들이 다리의 윤곽선을 이루고 있다. 그런데 다리라는 대상에만 관심을 쏟으면 그것은 다리와 주변 공간을 말끔하게 분리해주는 연속적인 선으로 지각된다. 불연속적인 조각들에서 연속적인 선이 생겨난다. 하지만 블루멘펠드의 사진은 대상을 모호하게 만듦으로써 대상에 관찰자의 시선과 의식이 집중되는 것을 가로막는다. 그 결과 관찰자는 대상이 아니라 사진 자체의 특질("벌레같이 꼬물거리는 질감")에 주목하게 되고, 연속성 밑에 감추어진 불연속성이 부각된다. 연속성의 환상이 깨어진다. 확대경을 들이대자 신문 사진이 형체를 알아볼 수 없는 무질서한 검은 점들의 배열로 변화할 때처럼, 대상의 형체는 불연속적인 조각들의 무더기로 허물어진다. 사진은 어떤 대상의 기호가 아니라, 그 자체로서의 기호, 즉 기의를 상실한 기표가 된다. 이를 성기완은 다음과 같이 표현한다. "무엇의 흔적이 아니라 그냥 빛의 흔적일 뿐이다." 이런 식으로 블루멘펠드의 사진은 자기 스스로 환기시킨 대상을 지워버린다. 그것이 블루멘펠드가 쇠라풍의 점묘법적 기술을 통해 수행한 작업이다.

성기완은 이와 동일한 작업을 시와 이야기의 결합을 통해서 시도한 것이다. 이야기를 환기했다가 이야기를 지우는 것. 연속성의 환상을 불러일으켰다가 그것을 깨뜨리는 것.[5]

그렇다면 다음과 같은 비례식을 세워볼 수 있을 것이다.

끊어진 선의 조각들: 다리의 윤곽선 = 불연속적인 언어의 단편(斷片): 유리 이야기

---

5) 이야기 지우기의 모티프는 다음 구절들에서 발견된다.

> 유리는 오늘도 여느 때처럼 일기를 지워 유리의 일기는 가짜야 왜냐면 사실 그건 내가 쓴 거니까 그래서 유리는 일기를 지우는 거야 〔……〕 유리 너는 언젠가 모든 것이 오해였다고 말했지 그때부터 나는 사랑스런 너의 지우개가 되기로 했어 ──「시 3」 부분

『유리 이야기』는 결국 유리의 이야기가 완전히 삭제되는 것으로 마무리된다.

> 유리의 일기장은 차근차근 지워졌어 나는 마음의 꼬리를 쫓는 지우개 초록의 고무 괴물과 유리 그들 모두 쏴버릴 거야 〔……〕 그러나 나는 지우개를 들고 지워버렸을 뿐 ──「시 43」 부분

> 마지막 신이 끝났어 〔……〕 이제 유리의 일기장에는 한 글자도 남아 있지 않아 사랑하는 유리 나는 당신의 지우개
> ──「시 48」 부분

'나'가 지우개라면, 초록의 고무 괴물 속에도 지우개가 숨어 있다. 고무 = 지우개.

이 식을 더욱 단순화시키면

사진: 대상 = 시: 이야기

　블루멘펠드의 사진은 대상을 소거하기 위해 대상을 환기시킨다. 점묘적 사진을 통해 대상의 형체가 구성되는 과정은 대상의 형체가 자잘한 점들 혹은 "빛의 흔적들"로 해체되는 과정을 전제한다. 어떻게 보면 두 과정은 동전의 양면처럼 짝을 이루고 있다. 점에서 시작하여 대상으로 가면 '구성'이 되고, 대상에서 시작하여 점으로 가면 '해체'가 된다. 그러나 해체는 언제나 구성을 전제한다. 왜냐하면 대상의 해체가 시작되기 위해서는 우선 대상이 지각되어야 하고, 그것은 이미 대상의 구성이 완료되었음을 의미하기 때문이다. 성기완의 텍스트에 대해서도 같은 얘기를 할 수 있다. 성기완은 흐름을 형성하지 않는 말의 조각들을 가지고 이야기를 구축한다. 그런데 이야기를 구성하는 것은 그것을 결국 말의 조각들로 해체하여 그것이 실은 아무런 이야기도 아니라는 사실을 보여주기 위한 것이다. 이로써 위에서 제기된 역설적 질문, 왜 시인은 이야기에 역행하는 텍스트를 가지고 이야기를 구축하느냐는 질문이 분명한 해답을 얻는다. 이야기를 해체하고 부정하기 위해서. 시가 어떤 것도 이야기하지 않는다면 이야기를 부정할 수 없다. 시가 이야기를 부정하기 위해서는 그 전에 먼저 이야기가 되지 않으면 안 되었던 것이다. ▨